多麼希望，你是我的最初和最後

倪倪 著

目次

CONTENTS

楔子

「十七歲時喜歡上的人，會是這輩子最愛的人。」

鄭延熙聽著他雲淡風輕的吐出這句話，胸口悶得難受。

他早就過了那樣青春的年紀，而她正在經歷這樣的時光。

他倆沒有牽手，也沒有誰靠在誰的肩上，只是靜靜地坐在一塊兒，讓溫熱鹹濕的海風發瘋般的吹亂頭髮。

鄭延熙當然知道他的下一句話是什麼，可她才不要哭，至少在這一刻，她希望自己看起來是個成熟面對感情的人，是個提得起也放得下的世故的人。

然後，他跟她道了歉。

「得了吧，現在說這些都於事無補。」鄭延熙啞著嗓子說。

分手的理由有成千上萬種，終歸就是那句——我不愛你了。

第一章

這個世界不是哭得愈多，就會有愈多人站在你這邊；不是眼淚流得愈兇，兩人的愛情就能破鏡重圓。

失戀有三個階段——哭得死去活來，罵得死去活來，最後是死去活來。

嗯，挺中肯的一句話。

和張中奕分手後的幾天，鄭延熙窩在家裡，不怎麼想動，連手機都懶得滑，就是放在一旁的桌上她都嫌遠。

分手是她提的，可她也沒好到哪裡去，誰說提分手的人心裡會比較好受？她也是睜眼就哭的人，也是想到往事就掉眼淚的人……她才沒有比較好過。

提分手的人是她沒錯，可失戀的人也是她啊！

鄭延熙確實想過，要是當時自己沒有那麼衝動說要分手就好了。

其實問題是可以解決的，只是張中奕不願意解釋，甚至當鄭延熙撞見他跟別的女生抱在一起時，他也不願多說，身為新時代女性，怎麼可能忍受得了？於是她一氣之下，跟他切八段！

解釋啊，她要的就只是他的解釋而已，不管是真是假，她都願意相信。她要的只是那麼少。那麼少，卻得不到。

「這口味蠻好吃的。」安芮往鄭延熙身上扔了一包洋芋片，自己撕開另一包，津津有味的吃起來。

鄭延熙嚇了一跳，接著懶懶地抓起洋芋片扔了回去，「我不想吃這個口味。」

其實這是張中奕最討厭吃的口味，基於「厭屋及烏」，鄭延熙於是跟著討厭起那個口味的洋芋片。

「妳知道張中奕現在在幹嘛嗎？」安芮嚥下嚼碎的洋芋片，拿起手機，點開張中奕的Instagram送到鄭延熙眼前，「他今天跟林亞瑜去兒童新樂園，玩得可高興了，在回來的路上。」

「……拿走啦。」鄭延熙撥開安芮的手。

林亞瑜是今年剛升上高一的學妹，聽說是跟著張中奕來到這所學校的。

不知怎麼的，她又想哭了。大概是因為分手之後對方過得比自己好，還有妹子泡，就好像只有她在難過而已。

人在難過的時候，通常會覺得全世界只有自己難受。

鄭延熙想起當初會喜歡上張中奕，是被他那雙眼睛吸引。張中奕的眼睛並不大，甚至可以說是非常小，他笑的時候，眼睛會彎成一條細細的黑線，對，他的眼睛也會笑，那是鄭延熙在他身上喜歡最多的地方。

可是有關於張中奕的一切，都不再屬於她一個人了，愛情裡的什麼海誓山盟，其實都只是海市蜃樓。

想到這裡，再看看張中奕Instagram的限時動態——他和林亞瑜在回途中玩得不亦樂乎。忽然她氣得牙癢癢的，深感自己實在活得太落魄，應該要比他好才對啊。

於是鄭延熙伸手把剛才丟回去的洋芋片搶走，十分豪邁的整袋往嘴裡倒。

升上高二分班後，鄭延熙和安芮很幸運的被分到同一個班。

安芮是個大美人，個性大喇喇的，想說什麼就說什麼，但她會為自己的言行負責，絕不會拍拍屁股要人替她收拾，反而更多時候，是她給別人惹出的麻煩善後。她辦事能力特別厲害，像個大姊姊，讓人很想依賴。

所以說啊，為什麼安芮到現在都沒有交到男朋友呢？

高中就是青春啊青春！

「聽妳這樣說，好像高中就得交很多男朋友一樣。」安芮不知道已經吃了幾包洋芋片，這回想喝飲料了，「我好渴，妳出去幫我買飲料，大杯珍奶去冰全糖。」

「我不想動……」

安芮心想，我這就是要讓妳動動筋骨才叫妳出去買，不然我好手好腳的，不會自己去買啊！

經過幾番爭論，鄭延熙總算是給安芮說服，出門買飲料去。

說也奇怪，不管安芮怎麼吃，沒人見她胖過一吋。

她那個魔鬼身材啊，連鄭延熙自己都羡慕得很，鄭延熙是那種吃了就必須運動超久才不會良心不安的人，嗯，她的易胖體質不允許她亂吃一通。

鄭延熙慢步到離家不算太近的飲料店，那是安芮最愛喝的店。

「我要珍珠奶茶去冰正常糖。」

「大杯中杯？」

「大杯。」

「一共是四十元。」

鄭延熙拉開錢包拉鍊，居然……居然沒錢！

確切來說，不是沒錢，是只有十五塊錢，而且還是一個五塊、十個一塊那種……

鄭延熙僵立在櫃檯前，好在那個時段沒什麼人，就只有她和店員兩個人面面相覷。

男店員保持一貫的職業笑容，等她掏錢。

不要這樣看我，我會想死啊！鄭延熙在心裡吶喊。

「那、那個，我回去拿個錢，很快，真的，我手機可以抵押在這兒，免得你覺得我會放你鳥。」她迫切的目光直望著店員。

「哈哈，沒關係，這杯算我請妳。」沒想到對方竟這麼爽快的答。

「喔靠、不行啦！」鄭延熙著急地大叫，意識到自己爆粗口，她才又變回嬌羞小姑娘，嬌滴滴地說：「啊……那個，我是說，我自己付就好了，謝謝你。」

男店員愣了一會兒，點點頭，「我先替妳墊著，妳改天有空再來還吧。」然後他恢復平時的笑容，轉身製作飲料。

「鄭延熙？」

……

不會那麼衰吧？衰的事情一起來，會不會太熱鬧？

鄭延熙死撐著不去回應那聲熟悉的叫喚，但腳步聲愈來愈近，零零散散的，聽起來不只張中奕一個人。

啊，他可是跟別的女生出去玩呢。

「鄭延熙，妳想裝作不認識我還是、還是真沒聽到啊？不用這樣啊，分手是妳提的耶。」

張中奕講話跟平時不太一樣，鄭延熙知道，這是他喝酒後會有的一面。

一股罪惡感湧上心尖，鄭延熙覺得自己沒臉見張中奕，雖說是張中奕對不起她在先，才會導致兩人分手，可這社會就是這樣子的吧，大家都會覺得提分手的人有罪，被甩的人才是最無辜的。

不知不覺間，鄭延熙自己也被這樣的觀念給洗腦了，此刻她深感自己是個罪人。

「喂！鄭延熙！妳她媽的臭婊子啊妳！」張中奕大吼，酒氣繚繞。

被這一吼，鄭延熙嚇得抖了好大一下。

她縮著身，一動也不敢動，但身體卻止不住地發顫。

奇怪了，明明以前張中奕喝醉朝她亂吼，她都不會像現在這樣怕他，難道是因為關係和身分的改變，讓她心裡對他的感覺回到最初的模樣？

陌生。

鄭延熙可著急著，瞧張中奕現在這樣子，難說待會確定這個正在買飲料的女人是甩了自己的那個臭婊子後會不會直接貓一拳過來。

「啊——親愛的小華，妳來探班啊！」男店員忽然衝出來，捧起鄭延熙的臉胡亂揉捏。

小華？

這……這什麼情況？鄭延熙那個小腦袋瓜子還轉不過來，男店員又說話了——

「我說妳怎麼就老愛探我班呢？都說了再過十分鐘就換班啦，我等等去接妳不是挺好？啊，也是啦，畢竟我們還沒過熱戀期呢，小寶貝就這麼迫切想見到我是吧？好好好，我就快下班了，妳再等我一下好嗎？嗯？」

「那、那個……」鄭延熙試圖撥開他的手。

他這可是正大光明的性騷擾啊！

沒想男店員不僅沒把她的掙扎放眼裡，反而加重力道，露出燦爛的笑容說：「小華！妳真的超級可愛耶！怎麼辦，越來越可愛了！」

靠腰，你媽才叫小華啦！神經病！

鄭延熙被他搞得更一頭霧水了，慌得不知如何是好，甚至有點惱怒，可對方的手就是不肯從她臉上挪開。

真是，她好幾天沒有擦保養品，更別說是敷臉了啊！

當她回過神來，男店員已經回到店裡去了。

「妳的珍珠奶茶，去冰正常糖。」他一如往常的微笑。

「喂……剛才這是……」鄭延熙差點無言。這人是精神分裂嗎？還是他有多重人格？

她想起《分裂》這部電影裡的Kevin綁架三個女孩，並釋出不同人格折磨她們的畫面，不由得打了個寒顫。

她不是Casey，沒辦法這麼沉穩應對啊！

「正確來說，我剛才幫了妳喔。」對方又說。他指了指鄭延熙的左邊。

鄭延熙順著他指的方向望去，看見張中奕搖搖晃晃的大步離去，當他準備轉頭，鄭延熙下意識的背對他。

「不用擔心啦，他不會再回來了。」

啊……所以說他剛剛是在幫她解圍？

為了讓張中奕以為自己認錯人，才會忽然衝上來讓她假裝兩人是情侶？捏她的臉其實是擋住她的容貌，不讓張中奕看到？

鄭延熙忽然被這位英勇的男店員亂感動一把的。

可惜她連道謝都還來不及，他已經在替下一位客人點飲料了。

＊

隔天一到校，鄭延熙喜孜孜地把蛋餅和奶茶從橘色透明塑膠袋裡取出，蛋餅鹹鹹的醬油膏味立刻鑽進她鼻間，惹得她肚子沒控制好的咕嚕嚕叫了幾聲。

今天鄭延熙特別早到學校，這是非常驚人之舉，可以上新聞大肆報導的那種——基本上鄭延熙天天遲到，有時候誇張一點，午餐時間才會拎著蛋炒飯慢悠悠地走進班。

但因為和張中奕分手後，一個被張中奕跳舞迷得如癡如醉的小學妹和她槓上，在「靠北江義」的板上匿名發文，把鄭延熙罵的豬狗不如，所以鄭延熙決定今天起提早到校，避開小學妹。

沒錯，那個小學妹就是和張中奕去兒童新樂園的林亞瑜。

為什麼會知道是她發的文？

只怪這個學妹交友不慎，被自己的「好朋友」出賣了。

林亞瑜也經常遲到，鄭延熙對她特別有印象，因為每天遲到都會碰上她，就算鄭延熙換了家早餐店買早餐，過不久還是會遇到。鄭延熙這才終於領悟到一件事——這絕不是所謂的孽緣，而是

「跟蹤」啊！

為了不碰到林亞瑜，鄭延熙今兒可是起了個大早，精神委靡的拖著尚未甦醒的身子來學校吃早餐。

噢，瞧她委屈的。

「靠！」

鄭延熙被突然竄出的人影和中氣十足的大吼嚇得倒抽一口氣，差點嗆到。

「靠，我沒看錯吧？鄭延熙？妳是鄭延熙？」班長徐書煒瞠大眼睛，不敢置信的上上下下打量她。

「對對對，怎樣啦，不能早到嗎！」鄭延熙不耐煩了。

「太扯了吧！」他再次驚呼。

「行了，再說就多了。」鄭延熙抬手要他閉嘴。

可惜該來的還是要來，林亞瑜霸氣的出現在鄭延熙面前，一把將她從座位上拉起，半拖半拉的往外走。

徐書煒也不知是看傻了，還是真心打算看好戲來著，竟然沒有要救她的意思。

好啊，徐書煒，你好樣的，下學期票選班長我不投你了，哼！

「說，你們為什麼分手！」

林亞瑜的手還緊緊揣著她，鄭延熙的手腕傳來陣陣疼痛。她想甩開，但對方的力氣卻出乎意料的大。

「把話說完再走！」林亞瑜幾乎是用尖叫的。

這裡是學校生態池附近的一大片綠油油草地，早上沒什麼學生會經過這裡，老師也通常在第一堂課才會到，換言之，鄭延熙現在真的是孤軍奮戰了。

鄭延熙也不是說怕這個學妹還是什麼的，她比較好奇的是，不就一個張中奕，有必要為了他和身邊的人樹敵嗎？她這樣看上去多像張中奕的腦殘粉啊，該不會張中奕在她心目中宛如偶像般的存在，所以她才處處替他護航？

這麼好喔，那我也要有一個。鄭延熙在心裡訕笑。

林亞瑜的長像算是中等偏上一點點的，是高中男生會喜歡的那種型，可惜性子太糟糕了……吶，你們看過哪一個小高一對高三學姊這般粗魯發狂的嗎？

「妳喜歡張中奕是妳的事情吧，不要干擾其他人的生活行嗎？」鄭延熙嘆了口氣，試圖與她進行理性溝通。

「我跟中奕從小一起長大，沒看過他這麼喜歡一個女生，也沒看過他對一個女生那樣好過，可妳居然為了一件芝麻小事跟他分手……怎麼看都是妳的錯！」林亞瑜理直氣壯。

「芝麻小事？妳覺得那是芝麻小事？」鄭延熙微慍問道：「當妳親眼目睹自己的男朋友跟別的女生摟摟抱抱，妳做何感想？」

「聽聽他的解釋啊！搞不好只是誤會、誤會！」

哈，說得容易。

「那麼真可惜，張中奕對我，連解釋都懶。」這句話鄭延熙幾乎是從牙縫擠出來的。

「所以妳就認定他偷吃嗎？太過分了吧！張中奕這麼做一定有原因啊！」林亞瑜一急，拉高音量。

「隨便妳，總之我跟妳解釋過了，我能走了嗎？」

這個社會對男人和女人的標準是不一樣的。

女人出軌，那就是女人的錯，傳統中所謂的婦道沒守好，對婚姻不忠貞，給丈夫丟了臉；男人劈腿，那還是女人的錯，管他是妻子是小三，妻子沒讓丈夫感受到愛，小三明知這男人有家庭了卻還是跟人家搞上床，總歸這男人是無辜的。

沒有人會說，男人劈腿是男人管不住自己的下半身，是男人不忠於那份結婚證書；女人出軌也許是飽受家暴之苦，是丈夫只懂得使喚妻子，不願付出。

在社會裡，所有的錯誤，大多數中都會指向女性。

接下來林亞瑜說了什麼，鄭延熙沒再仔細去聽，那些負面的、指責的話，她不想再往心裡去了。多不公平啊，分手明明是兩個人的事，卻好像只有她在承擔責任一樣。

「要是張中奕跟妳提復合，妳會不會答應？」林亞瑜突然冒出這句話。

鄭延熙心臟漏跳一拍，茫然問道：「他還喜歡我嗎？」

他「還」喜歡我嗎？

問出口的那一刻，鄭延熙覺得自己變得好小好小，卑微得不像個人。就好像是她在向誰乞求什麼一樣，好可悲啊。

「這、這我怎麼知道，」林亞瑜突然慌了起來，「妳只要回答我會或不會就好。」

人的記憶很奇怪，在當下你會忘記某些片段、某張人臉、某些對話，可是當你以為自己再也想不起來、永遠都不會知道答案的時候，它又會浮出腦海。

那時候跟張中奕抱在一塊兒的，不就是眼前這位自稱是張中奕青梅竹馬的林亞瑜嗎？鄭延熙差點腿軟。

她彷彿失去語言能力一般說不出話來，字句卡在喉間，像口濃痰，讓她很不舒服。

「會不會關你屁事。」安芮的聲音從身後竄出。

安芮的氣場就是不一樣，一副「你給我注意一點」的樣子，林亞瑜銳利的目光瞬間被削平。欺善怕惡啊，嘖。

「沒妳閒。」安芮簡潔有力地吐出這句話，便把鄭延熙拉離。

*

好不容易捱到下課，鄭延熙拉著安芮的手，搖啊搖的，死都不肯放。

這可是大大的妨礙到安芮收拾書包了，她挑了挑眉，簡潔有力地問了句：「衝三小？」

「氣質點、氣質。」鄭延熙討好似的陪笑，「這幾天放學陪我回家吧？嗯？親愛的芮芮——」

「我為什麼要？」安芮順也不順的看她一眼。

鄭延熙一時間也說不出個所以然，好在面對安芮她可以口無遮攔。

「我覺得我會被張中奕的頭號腦殘粉尾隨暗殺。」她隨口答道。說那什麼屁話，再沒腦的人也知道林亞瑜不至於到滅了偶像前女友的程度。

不過安芮也不是故意刁難鄭延熙，因為就算鄭延熙真回答了個什麼了不起的答案，她今天仍然是不能陪她回家——

「走吧，安芮。」徐書煒滑著手機走到他倆之間，不著痕跡的將鄭延熙的手推開。

這下鄭延熙是真懵了。

「安芮……妳這是見色忘友啊……」她哭喪著臉。

「見你媽見色忘友，老娘今天要去補習。」

安芮嘴上雖然狠毒，但還是仁至義盡的找了人來陪鄭延熙回家，好像她真會出什麼事似的……那個人她不怎麼熟就是了。

嗯，確切來說，是完全不認識。

還沒走出校門，遠遠的，鄭延熙就看見一個男生，直挺挺地站在校門口外。他的腳邊有一叢不怎麼顯眼的花，以前鄭延熙也沒發現那裡有一叢花，但因為那個男生站在那裡，讓她注意到了，彷彿那叢花是為他而開。

「學長，鄭延熙就拜託你啦，我走了。」安芮抬手看了看錶，和徐書煒一同鑽入一輛黑色轎車揚長而去。

對方不發一語的走在鄭延熙身畔，走路筆挺，脊椎完完全全的一直線哪！

他們兩人停在一個紅綠燈前，對方看著前方，嗯，就只是前方，也不知道是前方何處。

鄭延熙偷偷觀察他——不算小的單眼皮眼睛，高挺的鼻子，厚薄剛剛好的嘴唇。

安芮說他是她社團的學長，已經畢業了，最近回學校辦點事兒，正好有空可以送她回家。

鄭延熙心想，安芮也不怕這位學長把她給吃了，就這樣把自己的好姊妹送去其他男人手裡……

莫非這就是所謂的羊入虎口？

「看夠了沒？」他口氣不甚和善。

也是，今天換作是鄭延熙，突然被社團學妹叫來送自己的好姊妹回家，多少會不爽，她都懂的。

「喔，看夠了。」於是她也就順著他的話回。

鄭延熙還在納悶對方為何知道自己正在偷看他時，他「噗哧」一聲笑了出來，聲音非常好聽，是那種低沉卻很有磁性的雄性嗓子啊！超級性感的！

「我機車停在那邊，妳等等告訴我妳家怎麼走就好。」他努了努下巴，眼神落在對街一整排摩托車停車區上。

「你叫……什麼名字啊？」鄭延熙有些猶豫的開口。

「蔡慶元。」他慵懶地打了個哈欠後補充：「慶祝的慶，元首的元，挺無趣的名字。」

不，我挺無言的。鄭延熙心想，她這還是第一次聽到有人說自己的名字「無趣」，大多會說「沒什麼特別」或是「蠻普通的」，直接了當的說無趣倒是有趣。

蔡慶元找到自己的摩托車，用鑰匙打開車廂，取出一頂紅色全罩式安全帽。

「吶，給妳。」

鄭延熙接過，腦袋有點涼涼的，沒頭沒腦的問了句：「女朋友不會生氣嗎？」

話一問出口她就後悔了，就是路過的路人甲乙丙丁都能清楚察覺到蔡慶元的表情變化，即便只有短短一瞬。

他扯了扯唇角，「分手了。」

啊……還真的有。

見他還是這麼在意的模樣，鄭延熙莫名有些感嘆，彷彿在他身上看見自己的倒影。

可她不懂，為什麼當他說出如此心碎的那三字，眼神依然溫柔？

車子停在巷子口，鄭延熙跳下車，對蔡慶元深深鞠了躬。

「學長，對不起，剛剛問了很不禮貌的問題。」

「妳覺得分手事件丟人的事嗎？」他輕輕笑了聲後問道。

鄭延熙搖搖頭。她這也才剛分手啊，和張中奕。

「那就沒什麼好對不起的。」

「這樣啊……」

兩人陷入沉默，鄭延熙覺得尷尬，由衷認為走為上策。

「那麼，謝謝學長送我回來，我先回家了。」

「啊，學妹，」蔡慶元叫住鄭延熙，似笑非笑的瞅著她，「妳是不是忘了什麼？」

「什麼？」鄭延熙歪頭，感覺到頭上有股重量跟著往一旁傾斜。

蔡慶元敲敲自己的安全帽，再指了指鄭延熙的，她這才發現忘了把安全帽還給他。

太丟臉了吧……

她一急，打不開安全帽的扣子，折騰了老半天，蔡慶元以演電影的帥氣身姿，慢動作似的走到她面前，伸手找安全帽的扣子。

「頭髮卡住了。」他聲音沒有絲毫起伏。

「喔……」

「我要把它拔出來，可能會有點痛，妳忍忍。」

聞言，鄭延熙的臉頰瞬間紅了一片。

這、這話怎麼聽上去有點怪怪的啊！

由於蔡慶元離自己很近，鄭延熙的雙頰越來越燙，她覺得再這樣下去，等會兒她的頭頂可能就冒煙了，羞到冒煙。

「好了。」蔡慶元取下安全帽，將扣子扣回。

「你們在幹什麼？」一到熟悉的聲音從身後傳來。

鄭延熙背脊涼了一片，深感命運弄人。

說是冤家路窄也不對，張中奕住的地方離她家可遠了，這分明是專程來找她的，偏偏又給他撞見這一幕，鄭延熙這下子是跳到黃河洗不清了。

「張中奕？」

鄭延熙正想開口解釋，蔡慶元早她一步叫出張中奕的名字。

「欸？學……學長？」張中奕眼裡閃過一絲慌亂。

這又是怎麼回事？他們兩個認識？

要不要這麼狗血……

「學長怎麼會……怎麼會送延熙回家呢？」張中奕搔了搔後腦杓。

延熙？

他這是忘了昨天是誰衝著她罵臭婊子了是吧！

鄭延熙一想到就滿肚子委屈，你們說，張中奕這不是打了她巴掌又給她糖吃嗎？當真她這麼好哄？鄭延熙心裡那個不服氣啊！

「你們慢聊。」

原本她是想帥氣地丟下這句話，瀟灑離開，誰知道蔡慶元是抽風了還是腦袋哪條迴路斷線，竟然問她要不要跟他們一起去吃飯。

張中奕看著她的眼神實在是殺氣沸騰啊，大概已經腦補好幾個她劈腿蔡慶元的畫面了。都是這樣的嘛，自己做過的事情才會去懷疑別人是不是也做了那樣的事。

「我不餓。」於是她扯了個謊。

蔡慶元不是沒注意到回家路上她咕嚕咕嚕叫的肚子，但心裡又揣度著也許她在減肥，想到這兒便不好意思拆穿她的違心之論了。

「那麼我先走了。」

「學長，你還沒回答我的問題。」張中奕一動也不動的站在原地，「你和延熙是什麼關係？」

「送她回家的關係。」蔡慶元皮笑肉不笑，嘴角彎起一個不怎麼明顯的弧度。

「可延熙從沒和我說過你。」

鄭延熙實在聽不下去，張中奕這打破砂鍋問到底的遊戲有完沒完啊，重點是她跟蔡慶元確實是乾乾淨淨的純潔關係！

「你不也沒和我說過你有這麼一個青梅竹馬，叫做林亞瑜？」她不說還好，一開口整個火氣都上來了。「你知道跟你在一起時我天天早上被她跟蹤，分手之後呢？她就跑來跟我理論，喔，不對，是跑來教訓我！我堂堂鄭延熙沒做過什麼對不起你的事情，不過提個分手，就要受這些苦是不是？」

「什麼叫『不過提個分手』？鄭延熙，原來妳是個冷血無情的女人！」張中奕愈說愈激動，最後幾乎是用吼的。

冷血無情的女人？

鄭延熙愣了下，請問現在是在演哪齣？這麼芭樂的台詞在現實生活中居然能讓她聽到，但她寧可聽芭樂的愛情宣言，也不要聽這種芭樂謾罵。

沉默蔓延在三人之間，良久，鄭延熙才用極輕又清冷的語氣問：「難道我要在親眼目睹你跟別的女生摟摟抱抱後繼續裝做不知道？」

一字一句，說得明白。像是說給張中奕聽的，又彷彿是在問自己。

她覺得心臟像是給人掏空，僅僅是風吹過都有冰涼的回音。

好冷。

跟張中奕談戀愛的那段日子她真的很開心，撇除吵架，他們兩人的感情可以說是如膠似漆、難分難捨，怎麼可能說斷就斷？鄭延熙雖是提分手的人，但為什麼就沒有人問她，為什麼提分手？

不僅僅是愛情，人與人之間的感情都是建立在信任之上的，這是不可抗拒的事實。

那天看到他和別的女生抱在一起，鄭延熙心都碎了，之後沒辦法不想起那樣的畫面，只要張中奕一離開她身邊，她就會起疑心，想著他是不是又跑去找別的女生玩了？日子久了，鄭延熙也累了，一心只想盡快結束那種提心吊膽的戀愛。

鄭延熙望著張中奕的眼睛，眼淚撲簌簌落下，漸漸的她看不清張中奕臉上的表情是什麼，眼前一片模糊。有時候她真希望世界就這麼模糊不清，如此一來，很多東西她不需要看得太透澈，不需要知道太多……這樣，是不是更快樂呢？

當然，劈腿的人是他，鄭延熙大可以當眾指著他的鼻子破口大罵，可以朝他家門口潑漆洩憤，不，她還能直接燒了他家……

但這些都不過是外在的剝削，哪能和她內心的那把痛楚相比？

「啊，看來我得先走了。」蔡慶元率先打破沉默。

「等一等。」鄭延熙實在不想一個人面對張中奕，「學長，能帶我出去走走嗎？」隨便一個地方都好。她心想。

蔡慶元愣在原地，看了看張中奕，又看了看她，最後深吸一口氣，說：「好，跟我走吧。」

好。

我跟你走。

「學校？」鄭延熙摸不著頭緒，蔡慶元這是又載她來學校了啊。

「是啊，有什麼能比高中校園更美好的地方呢？」蔡慶元望著校門裡的遠方，嘴邊泛起清淺的笑容。

鄭延熙偏頭想了想，道：「我們都迫不及待想要快點畢業呢……」

相信大部分的高三學生都有過這樣的想法——考試好累啊，拜託快點畢業吧；班導好愛管東管西，希望能趕快念大學，這樣就沒人管我了。

一波又一波學測壓力，沒有停歇地朝十七歲的孩子們身上撲打，別無選擇的他們只好將眼光拋到更遠更遠的未來，那個已經長大的自己、能夠自己做選擇的自己、看似更無憂無慮的自己。

「本來想進去晃晃的，看來現在是不行了。」蔡慶元扯了扯唇角。緊閉著的校門，黑漆漆的警衛室，雖然裡頭有幾間教室仍然亮著燈，但由於現在是學生的晚自習時間，所以校外人士依舊被阻擋在外，只有等到晚自習結束，教官才會來開門。

「學長，你今天不是來學校辦事嗎？怎麼沒有繞一繞學校？」鄭延熙問。

「晚上的江義高中，和早上的不一樣。」

「那你比較喜歡哪一個？」

「都……喜歡。」蔡慶元答得有點緩，「但是晚上的更漂亮。」

鄭延熙皺起眉頭，「我覺得學校晚上特別恐怖，太黑了。」

蔡慶元聳聳肩，並不打算繼續這個話題。

「那現在怎麼辦？翻牆？」

「翻牆？」蔡慶元失笑，「陪我坐在那裡一會兒吧。」沒等鄭延熙回應，他徑自走到校門旁席地而坐。

那叢花乍看之下，像是靠在他身上一樣。

「不怕地上髒啊？」話雖是這麼說，但鄭延熙還是坐到了他身邊。

他倆安靜了許久，夏季校園裡的蟬鳴在靜謐的夜晚顯得十分響亮，又十分空虛。

晚風很涼，輕輕地撲在他們臉上，明明是夏天，應該連風都是熱的，但今晚的風卻讓鄭延熙感到清爽。

「妳今年幾歲？十七？十八？」蔡慶元突然打破沉默。

「十七啊，還沒成年。」鄭延熙答得很快，「你二十了對吧？」

蔡慶元點點頭。「十七歲是個很美好的年紀呢。」

「講得你好像很老一樣。」鄭延熙笑出來，「才過幾年而已，幹嘛這麼感傷？」況且，以考生的身分而言，十七歲實在不是什麼美好的年紀。

「很好啊，快要成年，但又還沒成年。」

「所以呢？」

「所以還能盡情的去做想做的事情。」蔡慶元把頭靠在冰涼的校門上，輕輕吐出一口氣。

「什麼啊……」鄭延熙蹙眉，「成年了才能盡情做想做的事情不是嗎？我們現在多累啊，生活都被考試綁得死死的。」

對即將十八歲的人來說，十七歲充滿了矛盾。

他們絕對是高中學校裡年紀最長的學生，可能瘋過社團，可能談過戀愛，他們經歷過的校園生活肯定比其他十五、六歲的學弟妹來得更多、更豐富。

他們渴望成年，嚮往成年之後更加自由的人生，對大學無需被師長管束的日子充滿期待；卻又畏懼成年，害怕成年之後所要承擔的責任，社會的眼光、壓力，都讓他們在邁向十八歲的途中卻步。

但比起承擔責任、比起社會的要求和眼光，現階段的他們只想趕快脫離考試。

「我反而很懷念十七歲的一切。」

「為什麼？」鄭延熙不解。

蔡慶元沒有給她解釋，只是說：「以後妳就會知道了。」

鄭延熙點點頭，沒再多問。她知道，當一個人不想說的時候，代表還不到那個時機。

「啊！好懷念啊！」蔡慶元突然提高音量，把鄭延熙嚇了一跳。

她望著蔡慶元稜角分明的側臉，忽然靈光一閃，從書包拿出筆袋，遞給蔡慶元一把黃紫相間的美工刀。

「喏，學長，敢不敢把名字刻在校門上？」

「蛤？」蔡慶元露出不敢置信的表情，「校門上？妳認真的嗎？」

鄭延熙挑眉，朝他露出笑容，「不敢啊？」見蔡慶元沒有回答，她又說：「那我先，我要把十七歲的青春刻在上面。」

鄭延熙把美工刀推出來，蹲著走去蔡慶元的另一側，毫不猶豫地直接刻了自己的名字上去。要真的刻出一個明顯的字其實挺困難的，校門這種堅固的材質，美工刀一兩筆劃在上面只有淡淡的刮痕，根本看不出來是個字。鄭延熙的名字筆畫又很多，所以等到她刻完，都不知道過了多長時間了。

「我也要。」

蔡慶元往鄭延熙的方向靠近了些，接過美工刀，在鄭延熙的名字旁小心翼翼的刻下一筆又一筆。路燈照在銀灰色的刀面上，折射出陰鬱的光。

鄭延熙蹲在蔡慶元旁邊，前面的路燈白光切割出他俐落帥氣的臉蛋，蔡慶元的睫毛不算很長，但是專心時的黑瞳特別迷人，足夠讓他的眼神更加的有魅力。

「好了。」

良久，蔡慶元收起美工刀，還給鄭延熙，問：「這樣應該不會被發現吧？」

「會嗎？不會吧？」鄭延熙東張西望了一會兒，「應該不會啦，又不明顯。」

「……是吧，應該不會。」

「嗯，不會被發現的。」
「要是被發現就糟糕了。」
他們蹲在地上，盯著刻在校門角落的兩個名字，突然不約而同大笑起來。
「喂！那兩個人！你們幹嘛來的！」
教官從教官室裡衝了出來，手電筒刺眼的燈光在他們臉上來回照射，蔡慶元第一時間伸手擋住了鄭延熙的臉。
「快，安全帽戴好，快上車。」他一把拉起鄭延熙。
「不要跑！不要跑！喂！」
鄭延熙跳上後座，蔡慶元立刻發動引擎，將教官的吼聲以及追趕的步伐遠遠甩在後頭。
那個晚上，她把十七歲的青春刻在上頭。
而他，則為了紀念十七歲的青春。

*

許是昨晚做了虧心事，鄭延熙隔天早上去學校時特別緊張，特別心虛，總覺得大家上下學時進進出出校門口，會看到她與蔡慶元刻在校門上的名字。
——別傻了，怎麼可能。
他們刻在角落，大概只有路過的小貓小狗停下來撒尿時才會注意到。

「教官應該沒有發現我吧……」鄭延熙喃喃自語。
「在說什麼東西？」走在一旁的安芮皺眉問。
鄭延熙擺擺手，「沒事沒事。妳今天放學也要去補習嗎？」
「嗯，今天補習班複習高二數學，妳也知道高二的數學，超難的。」安芮嘆口氣，頓了頓，又說：「不對，妳不知道，妳怎麼可能會知道，哈哈哈。」
「喂喂喂，什麼態度什麼態度？」
聽聽，安芮這鄙視可是完全沒有要委婉的意思啊！
「哈哈，好啦，開玩笑的。」安芮還是在笑，「昨天沒事吧？學長有把你安全送到家吧？」
「啊？喔……沒、沒事啊。」鄭延熙不知道是在結巴什麼，眼神亂飄。
安芮當然不是省油的燈，決定打破沙鍋問到底。
「坦白從寬，抗拒從——」
「好好好，我說、我說行吧。」鄭延熙舉雙手投降，「在我家門口遇到張中奕。」
「你跟學長都遇到他？還是只有妳一個？」
「都遇到了。」鄭延熙忍不住扶額。
「哇……超衰的。」
鄭延熙實在不曉得來安芮這是什麼語氣，怎麼聽上去有點像是讚嘆？
「我也覺得很衰，而且張中奕還理直氣壯的懷疑我跟學長有一腿，超傻眼。」鄭延熙說著說著，激動起來，「我的媽啊，他到底哪裡有病，我真的快氣死了，有夠委屈，劈腿的人是我嗎？不是啊！都分手了還想管這管那的，住海邊喔？神經病。」

「別生氣，會長白頭髮。」安芮好聲好氣地安撫她，卻又覺得鄭延熙生氣的模樣很是搞笑，於是又笑出來。

「妳們在笑什麼？我也要聽。」徐書煒不知從哪裡冒出來，拉了隔壁座位的椅子過去。

「關你屁事，走開啦！」鄭延熙沒好氣的回。

徐書煒伸出食指在鄭延熙眼前左右搖了搖，「不能這樣說話喔，要學測了，讓我們一同積善、積口德！」說完，他誇張的仰頭，高舉雙手。

「哈哈哈哈哈！」安芮笑得更大聲了。

「你們兩個！」

「哎呀！沒事啦，別想太多，過一陣子他就會死心了。俗話說『牛牽到北京還是牛』，張中奕這種人說白了就是死性難改，再說了，會劈腿的人有第一次，就會有第二次，妳就放心吧，他的新戀情很快就會到來的。」

「跟誰？林亞瑜嗎？」鄭延熙的眉心擠成「川」字，忽然悲從中來。

這麼說來，該死心的人不該是張中奕，應該是她吧！

唉，都說兩個人的愛情裡，自己的閨蜜最要小心，現在想想，學妹也得小心啊！

「管他跟誰，反正都是撿妳不要的。」

聽完安芮霸氣地說出這句話，鄭延熙整個人都快活了。

「話說……」安芮想了想，又開口：「妳還錢沒啊？」

「啊？還錢？我什麼時候欠妳錢了？」鄭延熙忽然露出「你以為我不懂你嗎」的表情，朝安芮邪媚一笑，「少在那邊唬我，我根本很少跟妳借錢。」

瞧瞧這妞兒，看是被害妄想症吧！

安芮又好笑又無奈，翻了她一記白眼解釋道：「妳上次不是去幫我買珍奶嗎？然後妳錢帶不夠，店員借妳錢，妳總得找他還錢去的啊！」

安芮這麼一說，鄭延熙才想起來。她突然佩服起安芮驚人的記憶力了。

「嘖嘖嘖，鄭延熙，妳這樣以後誰還敢借妳錢啊？」徐書煒半瞇著眼睛，搖搖頭。

「關、你、屁、事。」

實在是學測前不能造孽的緣故，鄭延熙只好虛勢的回這麼一句。

沒想放學一出校門，又遇到張中奕。

喔，正確來說，是張中奕和林亞瑜。

說這是巧遇未免太牽強，為了避免不必要的關注與麻煩，鄭延熙本能地轉身落跑。

「延熙！」張中奕的聲音在身後響起。

聽到張中奕喚自己的名字，鄭延熙倏地停下腳步。

是習慣。

他們在一起那麼久了，哪有說改就能改掉的習慣呢？

「延熙，妳聽我說，」張中奕很快地跑到她面前，輕輕抓住她的肩膀，「我那時真的——」

「她也要說嗎？還是只有你要說？」鄭延熙瞄了一眼緊跟在張中奕旁邊的林亞瑜。

「我……不是，我是來跟妳解釋的。」張中奕沒有回答這個問題。他接著說道：「那天真是個誤會，我跟妳解釋，嗯？」

鄭延熙心軟了。

見鄭延熙沒說話，張中奕知道她這是同意了。

「那天亞瑜她考試考差了，怕回家被媽媽罵，一直哭，我才……我才……」

「你才抱了她？」鄭延熙替他接下這句話。

張中奕點點頭。

「張中奕，麻煩找藉口前打個草稿，不然別人真會以為你是個傻子！」鄭延熙氣急敗壞地說。真是夠荒唐的。

「真的，延熙，我沒有騙妳。」張中奕焦急了起來，抓著鄭延熙肩膀的雙手又更緊了些。

鄭延熙痛得用力掙脫開，「你瘋了嗎？你的意思是，隨便一個女生告訴你他心情不好、隨便一個女生在你面前掉眼淚，你都要抱抱她們，一個一個這樣安慰？」

「亞瑜不是隨便的女生，我們從小一起長大的，我了解她！」張中奕激動的提高了音量。

時間像是被誰按了暫停鍵，鄭延熙覺得周圍的一切都靜止了似的，只剩下她自己和那份可笑。

她不敢置信地望進張中奕的眼睛裡去，問：「那你了解我嗎？」

不得不承認的是，鄭延熙一直到現在這一刻，仍然對眼前的大男孩抱有一絲的期待。

她不曉得這份期待是什麼，也許是期待他的挽回，也許是期待一個好的解釋……不對，都不是。鄭延熙好像只是期待著，眼前這個人，這個她深深喜歡過、用力付出過的人，能夠給她一個她想聽到的答案。

鄭延熙希望知道真相，卻又不想知道真相。知道真相會讓她那低到不能再低的自尊心徹底碎掉，但不知道真相的話，她會一直活在不甘心裡的。

「張中奕，一個人若是有了戀愛的對象，就應該跟其他異性劃清界線。無關信任，這是對戀人的基本尊重。」
「可是亞瑜是我的青梅竹馬……」
「我知道。」
鄭延熙笑了。沒有溫度的笑了。
那瞬間她覺得自己好可悲，又很可笑。她到底在期待他什麼呢？
她到底，為什麼要對一個八句不離青梅竹馬名字的人有所期待呢？
「你走吧，我不想看到你。」鄭延熙無力的說。
她在忍，忍著不要哭，不要在他們面前認輸。至少現在，她要抬頭挺胸，裝作一點也不在乎。
張中奕沒有移動步伐，似乎還想說些什麼。而林亞瑜則站在一旁，斜斜一笑，看好戲一般地盯著鄭延熙。
鄭延熙快要忍不住眼淚，於是在眼淚落下之前，她先一步離開這個令人窒息的地方。而這一次，張中奕沒有喚她，沒有拉住她，沒有挽留她。
經過校門口時，鄭延熙轉頭瞥了一眼那叢不起眼的花。

*

回家之後，鄭延熙還沒洗澡就躲進棉被裡哭個沒完。

她心裡難受得很，像被人千刀萬剮似的。

鄭延熙以她的身材發誓，她是確確實實愛過張中奕的，而且是愛到快要沒有自己的那種程度。

在別人眼中，可能高中生口中的「愛」不過像屁點兒大的小事，但鄭延熙從小失去雙親，身邊又有一個小自己三歲的弟弟要照顧，所以她在年紀還小的時候就必須學會獨立。

而很多人都忘了那些獨立的人，更迫切需要愛。

和張中奕交往後，她便付出全部真心，天真的以為自己的付出會得到對等的回報。

可惜沒有，張中奕終究是劈腿了。

她理想中的「愛」在這一瞬間崩塌，她也很想假裝不知道，可是心裡卻總有個疙瘩，輕輕碰著都刺痛，就像釘子從木樁上拔出後，還是會留個坑洞在那兒，就算補過，終會有痕跡。

鄭延熙心裡的受傷已經造成了，加上她與張中奕過去大大小小的吵架，她知道他們之間已經回不去最初。他們正在漸行漸遠，兩顆心早已不再緊緊依偎，所以鄭延熙才會做出分手這個決定。

她很委屈，因為沒有人把她的痛苦放在眼裡，除了安芮，但這很顯然的是連安芮都無法插手的事情。

如果張中奕不清楚自己犯了甚麼錯，如果張中奕到最後都不肯悔改道歉……她為他流再多的眼淚都沒有用。這個世界不是哭得愈多，就會有愈多人站在你這邊，不是眼淚流得愈兇，兩人的愛情就能破鏡重圓。

好不容易等眼淚乾了，她正打算去洗澡睡覺，手機卻響了。

「喂……」

「妳幹嘛啊？聲音怎麼那樣？」電話另一端，安芮被鄭延熙沙啞的嗓子給嚇到了。

「剛剛張中奕來找我了，跟林亞瑜。」說著說著，鄭延熙眼淚又掉了下來。

「哇，我看這對渣男渣女不收拾一下是不行的了。」安芮嘆口氣，又說：「我在附近公園等妳，看在妳今天模樣特別落魄的份上，我今天翹課唄。」

鄭延熙心裡那個感動啊，模範好學生代表安芮居然願意為了她翹掉補習班的課來陪她，這是何等高級待遇啊！

「嗚嗚嗚，芮芮，我就知道妳最好了。」

「行，少肉麻。來的時候記得帶一杯大杯珍奶，去冰全糖。」

說到珍珠奶茶……

天啊！鄭延熙這是把還錢的事情忘得一乾二淨啊！

她連聲應好，抓了錢包，出門前還再三確認裡頭不只十五元……她便放心了。

還錢的路上，鄭延熙順道買了一包鹹酥雞，裡頭還有米血糕、貢丸、花枝、香菇、青椒等等，算是報答店員上回的救命之恩。雖然後來張中奕仍然找上門就是了。

「謝謝光臨！」

鄭延熙遠遠的看見男店員熱情招呼客人，他臉上那個笑容啊，簡直能把女客人迷得花枝亂顫、神魂顛倒，要是他趁機多推銷幾杯新品，一個女客人抱著十幾杯飲料回去她都不訝異。

「妳來啦？」對方一看到鄭延熙，換上淡淡的笑容。

「嗯……對，然後這個是給你吃的。」

其實鄭延熙還沒把鹹酥雞從背後拿出來，他就聞到了。這不是鼻子靈不靈敏的問題，鹹酥雞的味道是眾所皆知的香味四溢、魅力無法擋啊！

「哈哈，謝啦！」他清澈的嗓音流進她耳裡，惹得她心癢癢。

嗯，果然是小鮮肉的魅力。

「啊還有，我要一杯珍珠奶茶去冰全糖，大杯。」

男店員看了看錶後說：「好，妳等我一下，我要換班了，差不多再五分鐘。」

鄭延熙訥訥的點點頭，到一旁等他。

這時她手機又響了，是安芮。

「喂？我已經在買……什麼？」

「我說，我媽等等要來接我，所以我不能翹課了。我們明天再說，珍奶妳自己喝吧……」她停了一下，「欸，我得回教室了，抱歉啦。」說完，安芮掛上電話。

「可是我不喝全糖的啊，喂？安芮？喂？」

鄭延熙急忙收起手機，跑去櫃檯說：「那個，不好意思，你在做了嗎？如果沒有的話那就不用了。」

店員哭笑不得，「妳這是在刁難我嗎？我已經幫妳點了耶，都輸進電腦去了。」他指指櫃檯上的收銀機。

「啊……好吧，那沒關係，不好意思啊。」

不久後，另一個人來和他換班，他換上便服——白色T恤、黑色牛仔破褲，手上拎著鄭延熙的珍珠奶茶。

「我剛剛幫妳做微糖的。」他遞給她。

「天啊，謝謝！」鄭延熙感激涕零的望著他，「不過你怎麼知道……」

「妳剛剛講電話講這麼大聲，我當然是聽到了。」他笑道，「我餓了，鹹酥雞呢？」

「在這裡在這裡。」聞言，鄭延熙立刻畢恭畢敬的把鹹酥雞給他。

鄭延熙自己也不曉得為什麼，眼前的男孩說什麼，她就照做什麼，好像他有什麼魔力能使喚她做任何事一樣。

莫非這就是帥哥特有的能力？

「能冒昧問妳名字嗎？」對方叉了一塊米血糕送入口中。

「鄭延熙，我叫鄭延熙。」她忽然挺直了身，認真答道。「延是延後的延，熙的話……康熙，康熙皇帝的熙。」

「嗯，我叫楊日辰。」他抿著唇，似乎在忍著笑。

奇怪，鄭延熙一直以來都是這麼介紹自己的名字，難道有這麼好笑嗎？

但不知何故，過去要是有人嘲笑她的名字她絕對會大發雷霆的，畢竟名字是父母留給她唯一的東西，對她來說是何其珍貴。可當她看見他的笑，卻又生氣不起來，好像他的笑容是滅火器，能撲滅她心中燃起的怒火。

於是她便不再追究，想了想問：「哪個ㄖˋ哪個ㄔㄣˊ？」

楊日辰嚥下米血糕，露出壞笑，「楊日辰的日，楊日辰的辰，記清楚了嗎？」

「記清……喂，你故意的吧！太幼稚了！」

話雖這麼說，鄭延熙確實給他逗笑了。

「啊，時間不早了，我得回家，明天還要上學。」鄭延熙站起身，大大伸了懶腰。

「手機給我吧。」楊日辰跟著站起來。

鄭延熙狐疑的從口袋掏出手機遞給他，「你該不會要安裝什麼竊聽還是監聽之類的吧？」

「妳小小一隻倒是想得挺多的啊。」

楊日辰先是和她交換LINE，接著在鄭延熙的手機裡頭輸入一串號碼，接著按下通話鍵，響幾聲再掛上。

「好了。」他將手機還給鄭延熙。

原來是要電話號碼啊。

鄭延熙恍然大悟，但心裡又覺得不太對勁。

「妳以為一包鹹酥雞就能打發我啊？想得美。」

*

第一次被要電話，是國二的時候。

那是鄭延熙第一次想變漂亮，開始用心打扮自己。終於有人來搭訕她，可惜不是她的菜，但她卻有一種阿姆斯壯踏上月球第一步的感覺，成就感與優越感超標。

第二次是國三時，那時候她根本是學弟們眼中的女神，走在路上都有風，就是去趟廁所都能備受矚目……解放時除外。

不過她後來沒有再把自己的電話號碼交出去，頂多加Facebook好友，這樣還可以假裝沒看到訊息，打電話就太麻煩了。

接下來有多少次她已經數不清楚了，上了高中之後，她和張中奕在一起，為了表示她對愛情的忠貞不渝，連Facebook好友都會先過濾再三才按下確認。

鄭延熙躺在床上翻來覆去，興奮得睡不著覺。她舉起手機，望著通訊錄上一串數字和「楊日辰」三個字，心裡不禁軟綿綿的，像草莓口味的棉花糖，甜絲絲的。

鄭延熙也不管自己是不是才剛分手，正大光明的歡天喜地起來，反正她現在在自己房間，安全得很。

況且今天的她傷痕累累，受傷的人有資格尋求慰藉。

啊啊，想到楊日辰的笑，鄭延熙整個人就輕飄飄的，快飛起來的感覺，她這都要以為自己是嫦娥準備奔月了啊。

「妳以為一包鹹酥雞就能打發我啊？想得美。」

唉呦，這句話怎麼聽都是在誘惑她，鄭延熙白皙的臉頰忍不住漲紅，紅通通的像顆熟透的蘋果似的。

明明一句旁人都知道是要敲詐她的話，鄭延熙卻興奮得不得了。

怪了，難不成這是所謂的欲求不滿？

「姊，冰箱的鮮奶過期了。」房門忽然被打開，弟弟鄭東禹探頭進來。

「行，姊姊明天去買。」鄭延熙咧嘴笑道，心情可好了。

鄭東禹偏頭想了一下，說：「不是，我是叫妳把它喝完，不然浪費。」

「啊哈哈哈，沒問題，姊姊這就去喝。」

「……妳神經病啊！」鄭東禹莫名其妙的看著眼前不太正常的姊姊，哆嗦了下。

沒辦法，這是鄭延熙高興時的副作用，她現在真的太開心了。

▶該說這是緣份呢？還是巧合呢？總覺得在這時候遇見你，既沒太快，也不遲。

第二章

剛剛相愛的時候彼此是「唯一」，日子一長，對方卻逐漸成了「之一」

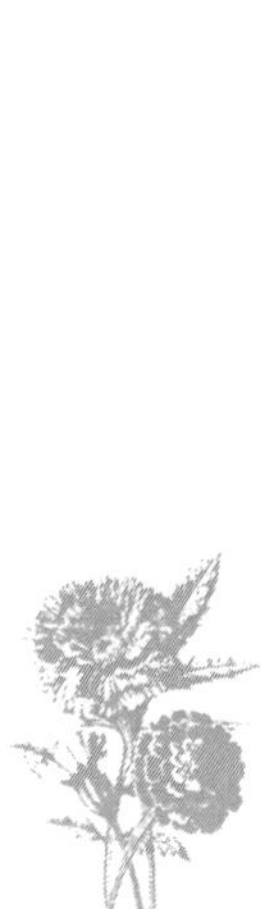

高興到睡不著的後果，就是隔天頂著黑眼圈到學校。

鄭延熙是打算遲到的，反正她不管何時到校都會被林亞瑜給碰上，那還不如睡飽些再去上學。

但一大早的，安芮就打電話把她叫醒，說今天早上有朝會，不能遲到的。

學校朝會無故未到會被記一支小過，對，不是警告，是「小過」。鄭延熙才不怕警告，她跟教官熟得不得了，天天中午去教官室報到，已經見怪不怪了，她真正怕的是小過，太難消了，不知道要做多久的愛校服務才能消掉一支小過，她沒真的算過，但這種事情還是不要輕易嘗試比較好。

所以她連早餐都來不及吃，現在正站在操場聽校長和各處室的主任們廢話連篇。鄭延熙覺得自己快餓昏了。

朝會結束後回到教室，鄭延熙哪還有精神上課，從老師口中出來的字字句句都像飽嗝似的，根本就聽不懂。

鄭延熙乾脆拿出手機，在桌子底下偷偷玩。

「今天放學後去接妳。」

鄭延熙點開訊息，是蔡慶元！
她疑問滿滿，蔡慶元怎麼會有自己的LINE？
她看向坐在斜前方的安芮，她正非常專心的上課，感到背後炙熱如火的目光，才分神回頭。
「衝三小？」她一臉嫌棄的用嘴行問她。
鄭延熙趁老師轉身寫黑板時，把手機螢幕轉向安芮，用氣音問她：「他怎麼會有我的LINE？妳給他的？」
安芮搖搖頭，往講台瞄了一眼，轉回去繼續聽課。
「為什麼有我的LINE？」鄭延熙飛快的打字。
「我人脈廣，要拿到妳的聯絡方式並不難。」蔡慶元老實招了。
「那幹嘛接我回去？」
這才是鄭延熙真正想問的問題——說她沒抱任何期待的問是騙人的。
「怕妳被腦殘粉尾隨暗殺。」
……安芮連這也說了啊。
「那麼你這是要當貼身保鑣就是了？」
「無妨。」
鄭延熙被蔡慶元那句「無妨」給逗笑，雖然他們是靠網路傳遞訊息，但鄭延熙彷彿能看見蔡慶元說著那兩字時的表情。
……Shit!
「鄭延熙，手機交上來，下課跟我到辦公室！」

升上高三之後，各班陷入一片死寂，下課時間門窗緊閉，幾乎所有人都乖乖待在自己的位子上安靜念書，教室裡是不能講話的，要交談的人必須到外頭去，甚至午休時間燈都開著，埋頭苦讀。連平時吊兒啷噹的徐書煒都開始認真念起書來，下課時還會跑去找安芮問問題——這一切看在鄭延熙眼裡都很有問題就是了。

鄭延熙不是讀書的料，起初她想唸高職來著，但她想起過世的父母親是多希望她能念公立高中，如果能考上前三志願那更是死而無憾。

於是國三的鄭延熙卯起來讀書，她認真起來真的不是開玩笑的，加上鄭延熙考運一直都不差，老天眷顧，讓她考上第二志願，她父母這下真是死而無憾了。

但所有的小確幸就到這裡為止。

高中接下來的日子，鄭延熙都泡在社團裡練舞，然後和安芮成為好姊妹，與張中奕談了場戀愛……嗯，目前來說，她的高中生活裡沒有「讀書」二字，就她現在即將面臨學測的身分而言，聽起來是挺悲劇的。

所以當她從抽屜裡拿出國文講義時，彷彿聽見班上同學們倒抽一口氣外加驚呼連連。

「幹麼這麼驚訝？」鄭延熙一陣尷尬，想也知道不會有人回答她這種蠢問題。

安芮此時用一種「別裝了」的表情看她，鄭延熙被看得很不是滋味兒，怎麼，徐書煒可以唸書，我就不行嗎？

「人家一直有在補習，平時成績也都在水準之上。」安芮十分誠懇又充滿擔憂地對鄭延熙說了句：「加油，同胞。」

鄭延熙真是面子都不知道往那兒擺了，想想她國中考上現在高中的第二志願，那時候多風光啊。把當時的勇氣跟努力拿出來，她不相信自己辦不到！

*

安芮曾經說鄭延熙不念書也沒關係，大不了以後當網拍麻豆，只少可以養活自己，幸運一點或是再努力一些，說不準還能進入演藝圈——之前確實有導演在路上遇到鄭延熙，給她名片，邀請她去試鏡一部電影的女主角，可惜鄭延熙當時對拍戲沒興趣，加上那部電影還是懸疑驚悚片，鄭延熙自己平時最討厭看的就是這種劇情了，想到她日後可能會在大螢幕上看到自己又是驚聲尖叫又是落荒而逃的樣子，她心疼，所以最後還是沒去。說到底鄭延熙就是個奇葩。

「那妳現在呢？妳現在有想念的科系嗎？」蔡慶元背對她，透過後照鏡瞄了她一眼後問道。

「戲劇系吧，現在倒是對那個挺有興趣的。」

「妳看，妳要是那時候去試鏡，搞不好真給妳上了，現在說不定還是個大紅人，上下學都有保母車接送。」

鄭延熙搖搖頭，「在演藝圈想紅還得靠點運氣的，時機很重要，那時可能就不是個對的時機。」

「妳怎麼就不說妳是三分鐘熱度？」蔡慶元輕輕笑起來，「走囉，抓緊。」

綠燈亮起，蔡慶元騎著摩托車在路上狂飆。

其實他已經為她減慢速度了，平時他的車速可是在罰錢邊緣的。

可惜他這點心意鄭延熙終究是不曉得，畢竟她仍然覺得蔡慶元騎太快，鄭延熙的心臟都要隨風而去了。

下車後，鄭延熙將安全帽摘下，還給蔡慶元。蔡慶元接過安全帽的同時，他倆手指輕輕觸碰了下，其實那不過是很容易發生的肢體接觸，沒什麼，但鄭延熙偏偏在這時想起了上回的「安全帽事件」，總之她臉紅了，像顆蘋果似的。

「妳怎麼了？不舒服嗎？」蔡慶元一面將安全帽放進車廂，一面問道。

「啊？沒、沒什麼，哈哈哈……」

要是被蔡慶元知道她腦袋裡想了什麼，讓她臉往哪兒擺啊！

「真的？」

「真的啦！」鄭延熙心虛，急著轉移話題：「剛剛聞到菸味，稍微憋了口氣而已，沒事的，哈哈。」說完，她乾笑，試著緩和氣氛。

蔡慶元愣了一下，問：「妳……不喜歡菸味喔？」

「對啊。」鄭延熙答得特別爽快，沒有絲毫猶豫。

「我能問原因嗎？」蔡慶元追問。

「原因？我想想喔……」

鄭延熙想了很久，倒也想不出個所以然，於是她隨口回了句：「討厭其實不需要理由的吧。」不管是討厭一個人、一件事，或是一樣東西，一旦開始了，就停不下來。就像鄭延熙討厭林亞瑜，她知道自己這輩子大概都會這麼討厭她——說不準還會越來越討厭。

「好吧，我知道了。」良久，蔡慶元說。

「知道什麼？」

面對鄭延熙的疑惑，蔡慶元只是笑，沒有回答。

「剛剛那個男的是誰？」前腳才剛剛踏進家門，鄭東禹立刻砸了問題過來。

「就……認識的學長啊。」

奇怪，我才是你姐啊，怎麼搞得好像你是我爸一樣？鄭延熙心裡納悶。

鄭東禹點點頭，又問：「妳才剛分手沒多久吧？」

「這問題我要駁回，每個人對時間長短的定義不一樣。」鄭延熙邊說邊走到鄭東禹旁邊，坐到沙發上盤腿，奸笑：「我說親愛的弟弟，你該不會對我學長有興趣吧？」

「妳怎麼這次又是學長？」

「……蛤？」

「妳前任也是學長對吧？不怕年紀不同，價值觀不一樣嗎？」鄭東禹皺起眉頭，霹哩啪拉的說著，「就不要跟上次一樣，重蹈覆徹，弄得身邊的人沒一個省心。」

鄭延熙無言以對，這弟弟今兒是吃炸藥了吧？

「喂，你心情不好喔？幹嘛突然對我兇啊？」鄭延熙委屈。

鄭東禹張嘴，一副欲言又止的模樣，但又把嘴巴閉上，最後丟了一記白眼給鄭延熙，就起身回房間了。

……這是怎樣？

鄭延熙實在是拿弟弟沒辦法，約莫是叛逆期到了。

＊

假日，鄭延熙一個人去星巴克唸書，為了兌現自己要奮發向上的承諾，雖然比別人晚了八百步，但她終於是把學測複習講義給買齊了。

鄭延熙和鄭東禹一塊兒出門唸書，但鄭東禹是去圖書館。

「去什麼星巴克，那裡最好有辦法念。」鄭東禹扯扯唇角。

「你不懂啦，我在圖書館會特別想睡覺，特別想出去遛噠。」鄭延熙擺擺手，又說：「我在吵的地方比較容易專心。」

鄭東禹不以為意地聳聳肩，沒再多說什麼。

下午十二點半，鄭延熙到櫃台買午餐，她由衷覺得田園雞肉帕里尼是星巴克最最好吃的熱食，記得以前考會考前，她天天都要吃一個。

「你好，請問今天要吃什麼？」

「我要……」

等等，這熟悉的聲音……

「是妳！」鄭延熙還沒來得及開口，對方搶先一步認出她。

「楊日辰？你怎麼會在這裡？」鄭延熙驚呼。

楊日辰用食指輕輕點了點自己的帽子，露出微笑，「看不出來嗎？當然是來打工的囉。」

「哇賽……你到底打幾份工啊？」

「三份。」楊日辰往鄭延熙身後探頭，接著說：「我先幫妳點餐吧，妳要吃什麼？我請妳。」

鄭延熙雖然不缺錢，但聽到楊日辰要請客，仍然掩飾不住一陣欣喜若狂——被請客什麼的，最爽了！哈！「那我要田園雞肉帕里尼，跟一杯中杯抹茶拿鐵，去冰。」

楊日辰睨她一眼，低語道：「貪吃鬼。」

「……這很少好嗎？」

「喝太多飲料，小心以後得糖尿病喔，客人。」楊日辰皮笑肉不笑，明顯就是在開她玩笑。

「喂你──」

「您好，請問今天要吃什麼呢？」楊日辰故意假裝沒聽到鄭延熙的憤怒，幫下一位客人點餐。

啊啊啊，這人怎麼這麼欠打啊！

一直到太陽下山，鄭延熙還在讀書，這堪稱史上最罕見之奇聞軼事，要是被班上同學看到，她大概又要被嘲笑幾番了。

鄭延熙毫不遮掩的張大嘴打呵欠，沒想楊日辰在這時突然出現，嚇了她好大一跳，呵欠還沒打完就倒抽一口氣，咳了幾聲。

「幹嘛？做虧心事喔？」楊日辰嘻笑道。

鄭延熙狠狠瞪他，「我真的快累死了，讀書好累，煩死了。」

「那就不要讀啊。」楊日辰回得很爽快。

「Excuse me？老娘是要考學測的好嗎？」

「那就不要抱怨，愈是抱怨，就愈是不想念，這樣怎麼撐到學測？」楊日辰難得正經的說。他遞給鄭延熙一個紙袋，「喏，給妳的。吃點甜的心情會比較好。」

「什麼東西啊……」

鄭延熙接過紙袋，打開來看，是一塊巧克力蛋糕。

「這樣太不好意思了吧？今天一直讓你請耶。」鄭延熙也是難得的感到不好意思。

「不用不好意思，那塊蛋糕今天到期。」楊日辰一本正經的答道。

感動立刻在這瞬間煙消雲散，好啊，這臭小子！

「喂，我可是考生耶，我要是吃壞肚子不能專心複習，你要負責嗎？」話雖是這麼說，她還是津津有味地吃起蛋糕來了。

那是，畢竟她前幾天還信誓旦旦的跟鄭東禹說要把過期的鮮奶給喝掉，這塊小蛋糕算什麼？Easy！

「話說，你怎麼打這麼多份工？不怕耽誤到學校課業嗎？」鄭延熙一邊吃，一邊問。

楊日辰拉開她旁邊的椅子坐下，說：「是也還好，我也是逼不得已。」

「這樣啊……」鄭延熙臉上堆滿了憐憫，認真道：「朋友，要是有麼需要，可以跟我說的。」

「借錢也可以？」

「可以啊，記得還就好。」

楊日辰「嗤」了聲，嘀咕：「我最不缺的就是錢了。」

「……你再說一次。」鄭延熙有點無言了，不缺錢的話幹嘛打那麼多份工？太無聊嗎？

楊日辰聳聳肩，「總之有點複雜。」他似乎很避諱這個話題，不想多談。「蠻晚的了，妳不回家嗎？」

鄭延熙看了看手機，「我再讀一下吧，等我弟一起回家。」

「嗯，那我先走了。」說完這句話，楊日辰便離開了。

鄭延熙望著他的背影，心頭湧上了孤單——

他這多像風中一匹孤獨的狼啊！

*

星期一一大早，班長徐書煒準時發下複習試卷。

筆與紙張此起彼落的磨擦聲填滿整間教室，鄭延熙茫然地望著一堆看不懂的單字，緊張起來——這張考卷可是佔了平時成績的百分之五十！

明明昨天都有念的啊，她還特地買了一本七千單字書來背，考卷上很多單字她都有印象，但就是想不起來中文意思為何。

突然，她背後被戳了兩下，鄭延熙回頭，徐書煒指了指落在地上的橡皮擦，接著繼續埋頭作答。

鄭延熙愣了下，會意過來，難掩欣喜的撿起地上的橡皮擦，剝開橡皮擦藍白相間的包裝，然後——

白痴，這都不會寫：）

鄭延熙今天早上差點犯罪。

*

晚上，鄭延熙在學校附近買了蔥抓餅充當晚餐，因為沒有特別餓，也許吃一點東西就行，便意思意思簡單吃個東西墊墊胃。她還得趕回家唸書呢！

她沿著人行道走，一路上路燈昏黃，像黑夜裡的太陽，暖暖的灑下。晚上空氣比早上好多了，不知道是不是因為旁邊的公園種了很多樹，晚上車子又少，她竟然可以在這樣擁擠的大都市裡聞到青青草香。

「給我一根吧。」

「什麼時候要戒啊？最近不是想把一個妹子？」

「別瞎說。」

公園裡悄悄飄出陣陣煙味，鄭延熙皺皺鼻子，她最討厭菸味了。況且公園外還立下告示牌——公園內禁止吸菸。

她雙腿不自覺往那聲音走進，映入眼簾的是蔡慶元和另一位她不認識的男生，他們吞雲吐霧的模樣非常熟練，望著冉冉升起的白煙，蔡慶元的瞳眸變得很模糊，像是失焦。

「學……長？」

鄭延熙並不曉得蔡慶元會抽菸，蔡慶元沒和她說過他會抽菸，而她也沒見過，身上也沒有過菸味，鄭延熙對蔡慶元身上的味道始終停留在某種男性香水。

蔡慶元沒有聽見鄭延熙叫他，那是，鄭延熙這麼俗辣，叫得又不大聲，他當然聽不見。蔡慶元又吸了一口，幾秒後從嘴裡呼出一團嗆鼻的味道。

她不知道該怎麼辦，事實上她也不能怎麼辦，人家抽菸關她屁事，她又不是他媽，哪裡管得著？

「鄭延熙？妳怎麼在這裡？」

背突然被人拍了下，鄭延熙嚇得跳起來，發現自己動作太大，下意識地躲到樹後。

看到楊日辰的瞬間她鬆了口氣。

楊日辰見她如此慌張，往她身後望了一眼，便發現有兩個人在抽菸，再看看鄭延熙焦急的模樣，便猜到一二。

楊日辰勾起笑，拉起鄭延熙的手腕。「我好餓，陪我去吃飯。」

這句話聽進鄭延熙耳裡竟有些嬌氣，於是她打從心底認為他在撒嬌。

「看見本姑娘手裡的蔥抓餅了嗎？」

所以她決定捉弄他一番。

「看見了。」

「我吃不下了，既然你剛好很餓，我就施捨給你吧。」鄭延熙一副大發慈悲的模樣簡直讓楊日辰哭笑不得。

「姑娘還把我當廚餘桶呢！給我吃浪費了，不如拿去餵豬吃吧。」

「豬？哪裡有豬？這裡沒豬。」鄭延熙沒有發現自己已經慢慢被楊日辰的話帶著走。

楊日辰露出壞笑，指著她的鼻子說：「就、在、這、裡。」

這可把鄭延熙給惹毛了，「你才是豬，你全家都是豬！」

意識到自己罵別人全家是豬，實在太沒禮貌了，可鄭延熙又拉不下臉跟他道歉，而、而且是楊日辰先惹她的啊。

她以為楊日辰會很生氣，因為同樣的情況她和張中奕之間也發生過，那時候他們不過是單純的拌拌嘴，鄭延熙也沒經大腦的變脫口一句：「你全家都恐龍。」張中奕就火大了，為了這句話跟她冷戰一個星期。

沒想到的是，楊日辰不但沒有生氣，居然哈哈大笑起來。

「妳是白癡嗎？」他撐著腰一邊笑，一邊問。

鄭延熙給他弄得糊塗了，「你笑什麼笑？笑點在哪裡？」

「沒、沒事。」楊日辰吐了幾口氣後，抬抬下巴，說：「到了，聽說這家義大利麵很好吃，網路評價還不錯。」

咦？他們什麼時後走到這兒的？

他們站在店門口，彎著腰翻閱菜單，食物照片一入鄭延熙眼底，她肚子便不客氣的刷起存在感來了。

楊日辰愣了下，轉頭問：「剛剛那聲音……是妳的？」

還真沒人像你這麼不給人留情面的。鄭延熙暗忖，同時漲紅了臉。

楊日辰一看就懂了，沒頭沒腦的又問了句：「不過怎麼沒味道？」

鄭延熙一聽也懂了，怒斥：「姑娘我這是肚子叫、肚子叫！不是放屁好嗎？」

「喔！早說嘛！」楊日辰恍然大悟，他剛剛差點要說：「果然是無聲勝有聲。」還好沒有，不然鄭延熙很可能跟他友盡。

點完餐後，鄭延熙滑起手機，其實也沒什麼好看的，滑Instagram和Facebook對她來說算是例行公事，即使她只是隨便看看也得做做樣子，簡單來說就是裝忙，管他有沒有認真把人家中二的貼文看完。

「剛剛那是誰啊？」楊日辰沒頭沒尾的丟了問題。

「誰？」

「公園抽菸那個。」楊日辰的大拇指在水杯上來回觸摸，「有兩個人。」

鄭延熙一想起剛才的畫面就覺得煩躁，「我幹麼跟你報告這些？你跟我很熟嗎？」

「一起吃飯的關係，妳說熟不熟？」楊日辰不疾不徐地把問題丟還給她。

好吧，鄭延熙無法反駁。

「說了你也不知道。」她覺得自己的氣場太弱，於是沒好氣地回。

「妳得說了我才知道。」

「行行行，我就是說不過你。」

鄭延熙投降，老老實實的把她和蔡慶元相識的經過詳細的解釋了一遍，在那之前當然還有張中奕坑坑巴巴的戀愛史……媽的，她恨不得把張中奕當作黑歷史，就此別過。

說著說著，鄭延熙也就累了。沒想到她和張中奕在一起的時間聽上去還好，真正說起來，才發覺他們確實一同經歷了許多事。

這時熱騰騰的義大利麵上桌，乳白色醬汁裹著麵條，新鮮飽滿的蛤蠣圍了盤子一圈，撒上起司粉、黑胡椒——根本是來自天堂的食物啊！

兩人瞬間安靜，畢竟美食是人類心中的救贖，折騰一整天，眼前的食物對他們來說宛如沙漠中的一口井。鄭延熙現在才發現吃一個蔥抓餅根本不夠，幸好碰上楊日辰，抓她來吃晚餐。

「吃」這件事情對一個學測倒數一百多天，而不久前才決定要用功念書的準學測生來說，極為重要。

舉例來說，讀書需要體力，於是補充熱量便從「敵人」晉升為「戰友」；尤其女生每個月有所謂的「大姨媽」報到，容易缺鐵貧血，多攝取蛋白質有助於鐵質吸收，於是肉類食品又成了頗為重要的角色。

所以當鄭延熙嗅到最喜歡的奶油白醬蛤蠣義大利麵的味道時，可以說是龍心大悅，疲憊的心靈都被治癒了。

「你吃什麼？」鄭延熙看楊日辰同樣吃得津津有味，忍不住問。

「青醬雞肉。」楊日辰嘴裡還有東西，說起話來含糊不清，好在鄭延熙神通廣大，聽得懂他在說什麼。

「我要吃你的，給我吃一口。」她說完便把叉子叉進他的盤裡捲起麵條。

其實楊日辰有一點小小小潔癖，真的很小，這跟大家心裡對「帥哥都有潔癖」的刻板印象無關，他只是不喜歡接觸到別人的口水，像是喝同一杯飲料、親同一隻狗……或是，吃同一盤義大利麵。

總之，他生氣了。

楊日辰在鄭延熙吃他的義大利麵之前，飢餓如十天沒吃東西，但在鄭延熙襲擊他的食物後，他忽然不餓了。

人很奇怪，有時候心理影響遠遠超過生理需求。

不過更多時候，飢餓會蒙蔽人的雙眼，例如鄭延熙完全沒發現楊日辰很不爽，還非常白目的稱讚他的青醬雞肉義大利麵很好吃，雞肉很嫩什麼的。

然後楊日辰就更不爽了。

他起身，背上自己的書包，直接離開。

惋惜的是他這場帥氣瀟灑的賭氣離去沒有被鄭延熙注意到，只能再次強調：飢餓是會蒙蔽人的雙眼的。

等到鄭延熙發現楊日辰不見，是她吃完東西又上完廁所，才驚覺楊日辰不知何時已經先走了，但他忘記帶走他的外套。

深藍色的運動外套掛在椅背上，上頭留有楊日辰專屬的味道。

這是明明白白的敲詐啊！

楊日辰先走其實是想讓她替他付錢，但不好意思直說，所以趁她吃得狼吞虎嚥時悄悄離開？哈！這臭小子，本姑娘還真被你擺一道了！

鄭延熙一邊走，一邊在心理面忿忿不平的胡思亂想，回家路上還買了一包鹹酥雞洩憤。

回到家後，鄭東禹一看到鄭延熙手臂彎處掛著的楊日辰的外套，驚訝問：「姊，妳怎麼會有我們學校高中部的外套？」

「這是你們學校高中部的外套？」

哇，太好了，鄭延熙正氣著楊日辰，方才還在煩惱要怎麼把這件外套還給他，畢竟她已經決定要跟他賭氣了，賭氣的人是不能先要求見面，也不能先傳訊息問候的，這樣太掉漆。

她看了一眼繡在左胸學號的第一個數字，發現楊日辰小自己一歲，忽然有一種高高在上的感覺。

「喏，鄭東禹，別說姊姊對你不好，你替我把這外套還給外套主人，我就給你一百塊。」

為了面子，值了！

沒想到鄭東禹冷冷回：「那是小阿姨的錢，又不是妳的，妳得意個毛？」

自從父母過世之後，鄭延熙的小阿姨一手包辦他們姊弟倆的生活費和學費，小阿姨非常疼他們，雖然因為遠嫁國外，但還是每個月匯錢到他們帳戶裡頭，並且每晚打電話到家裡跟他們聊聊天，有的時候心血來潮還會要求要視訊，盡可能讓他們感受到「家的溫暖」。

因此鄭延熙對小阿姨是充滿崇拜與感激的，她打從心底認為小阿姨是天使。

「廢話少說，一句話，要不要？」鄭延熙跩起來。

那是，雖說錢是庸俗的東西，但世界上有誰不是為了這庸俗的東西拚命努力？

「兩百。」鄭東禹不要臉的加碼。

「一百五，五十元讓你買早餐。」然後她自行結束這場毫無意義可言的交易。

媽的，她到底為什麼會有這麼一個奸詐狡猾的弟弟啊？好想把他賣掉！

*

楊日辰原本在教室裡睡得香甜，突然被人給搖醒。

他睜開迷人的惺忪睡眼，可惜看見的不是正妹，而是一個小屁孩。

小屁孩的定義其實很簡單，凡是年紀比自己小的，通常都會被稱之為屁孩，舉例來說，對高中生來講，國中生是屁孩，對大學生來講，高中生是屁孩……依此類推。

總歸楊日辰是有起床氣的，加上當他睜開眼睛的一個看到的居然是國中屁孩，心情更加不愉快。但顧及自己在學校和藹可親的形象，他還是微笑問：「有什麼事嗎？」

「我姊叫我還給你的。」

說完，鄭東禹把外套往楊日辰身上扔，不偏不倚落在他頭上。其實他也不是故意的，就是隨手。但這舉動這以一個國中生v.s.高中生來說，完全可以說是勇氣可嘉。好在楊日辰將重點放在「我姊」這兩個字上，不然他肯定抓狂。

「你姊是誰？」

其實他心裡有底，就是想再確認一番。

把時間往前推個四個小時，鄭延熙匆匆忙忙的起床梳洗，換上運動服後，抓了書包便衝出門。連鞋子都還沒穿好，她一路跌跌撞撞的跑下樓梯，還差點跌個狗吃屎，好險她小腦夠發達，及時穩住。

當她霸氣的打開公寓的鐵門，看見眼前的蔡慶元，簡直嚇得魂飛魄散。

「你、你……你怎麼……你怎麼會……」驚嚇過度，以至於她無法完整的講出一句話。

見狀，蔡慶元只是笑問：「今天這麼早？」言下之意是：今天怎麼沒遲到？

「喔……就……今天學校有模擬考。」鄭延熙平時遲到歸遲到，還是講究原則的。

蔡慶元點點頭，把紅色安全帽遞給她，「上車吧，我載妳。」

鄭延熙傻在原地，沒反應過來，畢竟她腦袋轉的速度跟一般人不太一樣。

蔡慶元瞧她一臉萌逼樣，覺得可愛，便替她戴上安全帽，扣上扣子。

這回蔡慶元總算回歸安全駕駛的行列了，車速比先前慢很多，他們才剛剛上路，鄭延熙就立刻察覺到。

鄭延熙印象很深刻。

她小學五年級的時候，爸爸買了一輛摩托車，銀灰色的，並不大。她和弟弟當時特別興奮，要說有多興奮，那就是買了一張一百元的刮刮樂居然中了一千元那麼興奮，一天到晚吵著要爸爸騎摩托車載他們出去吹風，就連去對面的7-ELEVEN都嚷嚷著要用摩托車代步。

有天，鄭延熙睡過頭還尿床，眼看快遲到了，爸爸於是騎車載鄭延熙上學。

她記得那天早晨空氣很糟，汽機車的廢氣瀰漫整條馬路，此起彼落的喇叭聲淹沒整座城市。但是爸爸寬厚的背替她阻擋一切，好像躲在那後面，就能避免所有風風雨雨，對她來說，爸爸的背就像是一個家。

鄭延熙望著蔡慶元的背，水藍色的T恤透著汗水，她沒有在他身上聞到煙味或是汗味，只有男性香水的味道盈滿整個鼻腔。

她忽然有股想要擁抱住這份安全感的衝動，不過她忍住了。

「蔡慶元，謝謝這一路上有你。」

「妳說什麼？」馬路實在太吵，蔡慶元沒聽清楚鄭延熙近乎呢喃的話。

而她也不願再說一遍，便隨口答：「沒事，就是謝謝你今天送我去學校，要不我真要遲到了。」

蔡慶元一頭熱道：「以後我只要沒課就載妳上下學。」

這回鄭延熙便沒答腔，她心頭湧上一股暖流，一路蒸騰到她燒紅的臉頰。

模擬考的考程挺不人道的，呃，應該說是挺折磨人的……算了，怎麼形容都差不多那個意思。

第一天的第一堂考社會，光是社會就足足佔了一百分鐘，屁股坐到發麻不說，一開始的公民題目就讓鄭延熙昏昏欲睡。一個早上就考了社會一科，十一點考完，距離午餐時間還有一個小時，但學生經歷一早上的轟炸，已經禁不起空空的肚子了，不管三七二十一，先衝到福利社買東西填飽再說。

下午的數學同樣花了一百分鐘。不過數學這科比較兩極，大多會寫的人就會待到最後，不會寫的人時間過不到一半就開始倒數交卷時間。對鄭延熙來說，數學是她求學生涯中最大的噩夢，而且，不知道是他們班的人比較靦腆，還是大家都很努力的在跟那些數字符號奮鬥，他們班竟然都沒有同學先交卷，這讓鄭延熙哪還有臉先交卷啊！所以她只好假裝檢查驗算……雖然她望著自己完全交給命運的數學題本，不知道該驗算什麼就是了。

最後一堂是國文，這是鄭延熙在五科裡面最拿手的科目，至少還能拿個前標——當然，這是在她作文沒有失常的前提之下。

然後模擬考第一天就這樣結束了，鄭延熙覺得整個人都要虛脫了，一整天下來的腦力激盪，現在她什麼都不要，只想好好吃一頓飯，於是她問安芮今天要不要去補習？如果沒有就一起去吃飯吧！

安芮二話不說立馬點頭答應。

「累得跟狗一樣。」安芮一副歷經滄桑，看破世俗紅塵的發表感想。

「狗都沒我們累。」鄭延熙則像是在說一句至理名言，說完還訝異自己反應變快，值得嘉許。

「喂，安芮，妳不是說今天要去補習班自習嗎？」徐書煒把自己的書包拉鍊拉開給安芮看，

「我都把明天要考的複習講義整理好放進來了耶。」

「兄弟加油，成功的路是孤獨的。」安芮鄭重的拍拍他的肩膀，和鄭延熙一起走出教室。

一出校門，便看到蔡慶元站在校門口，低頭滑手機。他滑得十分專注，專注到鄭延熙和安芮都走到他面前盯著他瞧，他都沒有發覺。

「學長，你來幹嘛？」安芮問。

呃，他應該是來接我的吧。鄭延熙心想，她沒有說出來，與安芮一同等待蔡慶元的答覆。

蔡慶元回神，發現她們兩個站在眼前，眼底閃過一絲慌亂。但他很快調整好情緒，說：「下午沒課。」

言下之意是：我下午沒課所以來接鄭延熙回家。

鄭延熙克制不住的嘴角上揚，因為太明顯了，安芮問她是不是考試考到腦袋燒壞了？

「沒有沒有，」鄭延熙連忙應道，嘴邊還掛著笑，「考完三科了太開心。」

蔡慶元看著覺得好笑，多少猜道她們兩個有約，於是說：「我等人，妳們先走吧。」語畢，他揮揮手趕人。

等人？先走？

難道蔡慶元在等的人不是她嗎？

想到這裡鄭延熙不免慌張起來，雙腳動彈不得。

她不曉得自己為什麼會這樣，可能是期望落空，也可能是單純腳麻了，她不知道，反正那也不重要，此時此刻，鄭延熙只想知道蔡慶元在等的人是誰。

蔡慶元沒發現鄭延熙誤會他的意思，安芮也把鄭延熙連拖帶拉的帶走了。

「鄭、延、熙！」

安芮喊完她的名字後，雙手用力地在鄭延熙眼前拍了一下，可結結實實地把她給嚇著。鄭延熙心裡不平衡，真心認為自己最近實在是飽受驚嚇。

「我剛剛叫妳妳理都不理我。」安芮沒好氣道，推了推鄭延熙拿在手上的菜單，「妳到底要吃什麼啦？」

鄭延熙方才還正在為蔡慶元所謂的「等人」煩惱，一想到他等的不是自己，難免有點悲涼。

「咖哩豬排飯吧。」

「我們要不要點一份日式炸雞來吃？」安芮將菜單翻到單點項目。

「妳出錢我就吃。」鄭延熙倒也是沒在跟她客氣。

安芮差點無言，「……妳傻啦？那我幹嘛不自己吃就好？」

她們兩人有一搭沒一搭的聊著天，鄭延熙真喜歡這樣，她忽然發現自己很久沒有跟安芮報告近況了。

「我可以拒聽嗎？」

「不行，妳得聽。」鄭延熙拍拍胸脯，說：「妳會有興趣聽的。」

其實也沒什麼，鄭延熙從蔡慶元的一次送她回家遇到張中奕那天開始講起，又忽然提到楊日辰先前的「英雄救美」之舉，本來還要講他們去吃義大利麵的，但後來兩人各自鬧脾氣，鄭延熙說了也沒勁兒，便作罷。

安芮聰明的腦袋迅速分析著鄭延熙的話，大致上做了歸類，畢竟鄭延熙看似有條不紊的敘述，事實上根本是雜亂無章，想到什麼就說什麼，她真該慶幸安芮聽的懂她在說什麼。

「吶，安芮，妳說我是不是有點喜歡蔡慶元？」鄭延熙問得爽快。

安芮冏道：「你們認識有超過兩個月嗎？閃戀？」

鄭延熙紅著臉低頭不語，默默吃起咖哩。

「我剛剛就覺得奇怪，學長又不是個閒閒沒事幹的人，還出現在學校一副在等人的樣子。」

「對啊，他到底在等誰啊今天……」鄭延熙皺眉咕噥。

你說這顯而易見的答案她沒發現，還糾結這麼久，是不是腦子有洞？

安芮也懶得跟她瞎扯淡，「妳知道學長上一段感情是怎麼結束的嗎？」她隨口問。

鄭延熙原本就要咬下豬排，一聽見安芮這麼問，手邊停在半空中，嘴巴也沒闔上，呆愣愣的望著安芮等她說下去。

「……妳先把嘴巴閉起來我再跟妳說。」這丫頭一定不知道自己剛才像極了失智老人。

*

高一下學期，蔡慶元和一個同社團名叫趙央的女生正式交往。戀情一公開，得到許多人的祝福，甚至被稱為是模範情侶——他倆功課名列全校前三名，又都是學生會的重要幹部，社團則是一個熱音社社長，另一個弦樂團首席。

和一般的情侶一樣，他們也吵過架，次數雖少，但一吵就特別可怕，要說有多可怕，大概就像不小心碰到骨牌其中一片，整個局面一發不可收拾。

雖說一路走來兩人爭執多不勝數，但戀情還是來到了第三年了，就十七歲學生的愛情壽命來說，已經算值得嘉許的了。

那是他們第一次談戀愛，都還學不會各自退讓，不知道低頭認錯，更不懂得溝通，常常吵起來就拉不下臉先找對方和好，到最後總是身邊的好朋友出面勸說、替他們製造和解機會，兩人才願意重修舊好。

他們的感情就像走在一條細鋼索上，兩個人都小心翼翼，步步為營，一不小心摔下去卻不曉得要站起來，反而惱羞成怒，坐在地上哭鬧。

最先意識到這點的是趙央，那時候全國高三生已經開始倒數學測，趙央的家庭管教很嚴，不容許她考上第一志願以外的學校。正當她身心俱疲之時，她和蔡慶元又再一次的爆發爭執。

那是他們吵得最兇，也是最後一次的架。

其實這真的是小事，不過就是趙央放學去問數學老師問題，不小心晚些出校門，蔡慶元以為是她忘記跟他有約吃晚餐才遲到將近半小時，也沒問清楚，一開口就是尖酸刻薄的質問——

「妳到底有沒有把和我的約放眼裡啊？怎麼？因為在一起久了就可以不守時了？因為在一起久了就可以隨便了？」

趙央知道自己有錯在先，但蔡慶元說的話像把利刃，狠狠戳著她的心臟。

「蔡慶元，我剛剛是去問老師問題，還有，你可不可以不要每次講話都這麼咄咄逼人？真的很傷人你知道嗎？」

「好啊，全世界就妳一個在讀書，就妳一個要考學測，妳問問題妳了不起。」蔡慶元一臉不屑。

「有完沒完啊你？說話就說話，有必要這樣子嗎？」趙央一下子怒氣也竄了上來，開始不客氣：「你是好到哪裡去了？你這次模擬考退步六級分，還說想跟我念同一間大學，你作夢！我才不像你，不用功，整天只知道玩！」

蔡慶元不敢置信的瞠大眼睛，太陽穴的青筋隱隱浮動出來。

「趙央，妳有沒有搞錯，妳以為就只有妳一個人在辛苦念書嗎？我也是！我也很努力！我也想要兌現我的承諾！但妳讓我覺得我做的那些都是屁，全都不值得！我操！」他大吼。

被蔡慶元這麼一吼，趙央算是澈底醒了。良久，她恢復冷靜，淡淡的說：「分手吧，我們。」

「……什麼？」蔡慶元以為自己聽錯了。

趙央其實很認真的想過了。

她和蔡慶元確實相愛，但有了愛又怎樣？現實畢竟還是現實，他們不可能像《冰雪奇緣》那樣，有了愛就萬事ＯＫ，俗話說：相愛容易，相處難。她這是真真切切的領悟到這句話的真諦。

今天的吵架其實是能夠被解決的，但他們個性都太硬，誰都不願低頭。而趙央心底明白，就算今天和好，明天他們照樣會吵起來，兩個人都是高三生了，面臨學測壓力的逼迫，情緒控管比平時更差，他們應該要先暫時分開，等彼此確定考上自己心目中理想的大學和校系，到那時候也許……也許……算了，到時候再說。

「我說，分手。」趙央每一個字咬得清清楚楚。

蔡慶元的眼底流過一絲悲傷，他們兩個就是吵得再兇，也都沒提過分手，他知道這次真的是澈底結束了。

是啊，他倆相愛，可要好好經營一段感情實在是太困難了，剛剛相愛的時候彼此是「唯一」，日子一長，對方卻逐漸成了「之一」，他們習慣把愛情當作戰場，總是據理力爭，沒理更要爭，這樣的愛情，要怎麼走一輩子呢？

趙央望著蔡慶元哭了，蔡慶元習慣性的伸手想要替她擦眼淚，手卻忽然停在半空中，最後縮了回去，摀著眼睛背對趙央。

那年，蔡慶元和趙央分手了。

而最後趙央如願考上第一志願，至於蔡慶元，卻因為分手導致沒心思念書，成為指考戰士。

他們仍然相愛，只是已經沒辦法在一起了。

▶ 真正讓我們感到疲憊的，不是分崩離析的愛，而是習慣。

第三章

有沒有可能，有一天，他們的感情不再是因為相互療傷而存在，而是因為對方是他，因為是他，所以我願意放手一搏，再賭一次。

鄭延熙坐在公車窗邊的位子，把頭靠在窗戶上，窗外街景一閃而過，晚上十點左右的路上已經沒什麼人了，連公車上都只剩下鄭延熙和一位老奶奶。

到站後，她刷了票下車，這個時間一個人走在燈火通明的街上挺蒼涼的。

她想起蔡慶元偶爾對她露出的微笑，溫溫的，像冬天理的保溫瓶；想起他騎車時背對她的寬厚的背，給她滿滿的安全感；想起蔡慶元說的那句：以後沒課都載妳回家。

走著走著，她緩緩抬起頭，看見了一抹熟悉的身影停在不遠處，就好像他一直在那裡等她一樣。

然後不知為何，一顆眼淚從她眼角滾落。

「你杵在那裡幹嘛？該不會是在等我吧？」鄭延熙邊哭邊笑。

楊日辰朝她大步走來，伸手捏了她臉頰一把。

「妳知道妳弟把我搞多慘嗎？」

「蛤？我弟？鄭東禹？」

鄭延熙不解，不就是還件外套？

「對，妳弟。」楊日辰無奈的點點頭。

今天早上鄭東禹把外套扔在他頭上，而他看在鄭東禹是鄭延熙的弟弟，所以沒與他計較，結果現在金匯高中，也就是楊日辰所在的學校，都在傳他被一個國中部的學弟打趴。

楊日辰在學校是風雲人物，大抵就是他那張出眾的臉蛋老少通吃，連老師給他陪笑幾句都能減少幾次小考，這下可好，這件事連老師都略有耳聞了。

「你可以打他，我不介意。」話雖這麼說，鄭延熙還是笑了。

「我才不要，妳弟一副『你敢動我試試看』的樣子，我那時候剛睡醒，還沒來得及做出反應，就呆了幾秒，」楊日辰懊惱，哭喪著臉，「沒想到那幾秒竟然是我聲敗名裂的關鍵。」

鄭延熙又笑得更大聲了，「誰叫你敲詐我一頓飯。」

「我敲妳一頓飯？」楊日辰大概是忘記自己那天沒付錢就先走了，他只記得鄭延熙吃他的義大利麵讓他很生氣。

「對啊，不過算你幸運，我是那種脾氣來得快去得也快的人，所以不會氣你太久，我們現在就和好吧。」鄭延熙覺得自己身後散發聖母般的慈愛光芒。

楊日辰總算是想起來了，他冏：「鄭延熙，我有潔癖，不喜歡吃別人口水，妳那天沒有經過我同意就吃我的麵，我才會氣到走人，沒有要騙妳一頓飯錢的意思，如果妳真的那麼介意，多少錢我現在還給妳。」

……有沒有這麼嚴重啊？

鄭延熙難得見楊日辰嚴肅的樣子，嚥了口口水，小心翼翼地說：「一百七十元。」

好吧，一般人在這種時候都會說：沒關係啦，我就是賭氣，不用還給我。但鄭延熙是個奇葩，奇葩的言行總是出乎意料之外。
楊日辰「噗哧」一聲笑出來，然後越笑越誇張，最後抱著肚子蹲在地上笑到眼淚都流出來了。
鄭延熙那是一個摸不著頭緒，前一秒還在跟她嚴肅的人，下一秒突然笑得跟瘋子一樣，她不懂。
「我下次請妳吃飯吧。」等他笑完，調整好呼吸後，他緩緩直起身，揉了揉鄭延熙的瀏海，心情頗為愉悅。
「真的假的？吃什麼？不如你現在請我吃宵夜吧，我正好餓了。」一聽見「吃」她就興奮起來，瞬間像隻對主人搖著尾巴的忠犬，眼神一閃一閃亮晶晶的，像黑夜裡的星星。
楊日辰看得出神，鄭延熙又問了好幾次他才說了句：「都可以。」
「那我要吃……」
「鄭延熙，妳是不是心情不好？」楊日辰天外飛來一筆，問得鄭延熙都懵了。
她腦子還沒跟上楊日辰的運轉速度，楊日辰又說：「因為妳好像心情不好就會想吃東西。」
鄭延熙仔細想了想，好像真有那麼一回事。前陣子和張中奕分手，連吃了好幾包洋芋片；上次她在公園撞見蔡慶元抽菸，心情莫名驟盪谷底，也是忽然食慾大開。
這些連自己都沒發現的小細節，楊日辰注意到了。
他嘆一口氣，「走吧，帶妳去吃宵夜。」
他們來到一個賣關東煮的小攤販前，楊日辰大略瀏覽了下菜單，點了龍蝦棒、魚丸、米血糕、高麗菜捲、白蘿蔔、玉米筍……林林總總裝了兩大碗。
他遞給鄭延熙一支竹籤，「小心拿喔，不要刺到。」

鄭延熙哪管的著這麼多，對著其中一碗關東煮狼吞虎嚥起來。

楊日辰真喜歡看她吃東西，像隻倉鼠。

她的身高大概一百五十六公分左右吧？他心想，自己身高一百八十三公分，幾乎可以讓她埋在自己懷中了吧？他可以把她抱得緊緊的，緊到密不透風，啊，不行，那樣會死人……

楊日辰胡思亂想著，鄭延熙已經吃完一碗了，見他這像是思考什麼的模樣覺得又奇怪又好笑，忍不住拿出手機，開啟相機模式，拍了下來。

「快吃，這沾甜辣醬特別好吃。」鄭延熙推推他。

「啊？」楊日辰回過神，鄭延熙水亮的眼睛正直勾勾的盯著他瞧。「妳幹嘛啊！不要這樣看我。」

「原來你也會害羞啊。」

「廢話，是人都會。」

「你的話倒是挺稀奇的。」鄭延熙感嘆的說，「你想想，你見過人第一次見面，對方還是個買飲料的客人，就對她的臉頰又揉又捏嗎？這樣的人居然也會害羞？」

想到他們第一次相遇的情景，楊日辰忍不住笑了，打趣道：「不覺得我那時候的英勇事蹟應該要流傳千古嗎？」

「流你個大頭。」鄭延熙翻了記白眼。

「鄭延熙。」楊日辰深吸口氣，輕喚她。

她眨了眨眼睛當作是回應。

楊日辰嘴邊泛起輕淺的笑，眼底盈滿溫柔。

「以後妳的傷心難過，我全包了。」

不知道為什麼，他就是想照顧她，想在她難過的時候陪著她，讓她知道自己不是一個人。

他想對她好，無條件的。

其實楊日辰今天的心情不怎麼好。

撇除鄭東禹當眾扔他外套不說吧，今天的國文小考他差一題就及格了，不，嚴格說來，多選題只要多對一個選項就有六十分了。這次國文考試他可是努力讀了好久，卻連及格都沾不上邊。

還有，隔壁班有個女生，叫做賴貝珊，一直寫情書給他——都什麼年代了，情書這種東西居然還存在啊！楊日辰每收到一封，就默默的扔掉一封，沒想到打掃時間被負責倒垃圾的同學翻到，而「楊日辰把賴貝珊給他的情書丟掉」這件事情被大肆宣傳，賴貝珊哭哭啼啼地跑來找楊日辰，問他為什麼要這麼對她？為什麼就不能收下她的感情？

楊日辰心煩不已，他心想，難道妳喜歡我，我就要對妳所做的事情全盤接受嗎？我又不喜歡妳！

原本他在學校有個綽號叫「暖男」，是賴貝珊給他取的，後來因為他的個性確實很好，對人都很和善，所以大家也紛紛這麼叫他。

然而丟情書事件過後，賴貝珊又替他起了新的綽號，叫做「冷血男」。

楊日辰實在不知道該哭該笑——他這是成也蕭何，敗也蕭何啊！

雖然他不喜歡這種被騷擾的感覺，但他卻非常享受「被喜歡」這種事，該怎麼說呢，大概就是一種馴服的成就感吧，或者說就像是玩Pokemon GO，一種純粹蒐集的概念。

加上他又是學校的風雲人物，走在走廊上都要被行注目禮，讓他十分不爽。

然後他遇見了鄭延熙。

說真的，鄭延熙對他來說，有時候就像個大麻煩，他幫她先墊了珍珠奶茶的錢，然後替她作掩護不讓前男友發現她；昨天他把她帶離公園，結果她在不知道他有潔癖的情況下吃了他的義大利麵，等他氣消時發現肚子很餓，外套還忘了帶走……

可是望見她的那一刻，不知為何，他竟有種想要衝上前抱她滿懷的衝動。

*

鄭延熙還在刷牙的時候，手機鈴聲悠悠地從房間傳來。

會說是「悠悠的」而不是「劇烈的」是有原因的，為了確保睡眠品質的優良，她將最喜歡的樂團歌曲——CROSSROAD十字路口〈在我們遺忘之前〉，從大約第二十五秒左右開始，一直到第一分二十秒的片段當作來電鈴聲和鬧鐘，這樣她就算聽到音樂還能笑著繼續睡，還睡得很香。

手機接連響了三次，鄭延熙依然不疾不徐的梳洗，她現在正在做臉部清潔……也就是洗臉。

「到底是誰啊……」她略顯不耐煩的自言自語。

等她走出浴室，手機已經不再響了，接著LINE的對話框跳出來——

上學了。

是蔡慶元！

鄭延熙打開未接來電，大約六點多的時候蔡慶元打了第一通電話給她，隔了十分鐘又打一次，然後再過十分鐘打……

每過十分鐘他就撥一通電話給她，可惜鄭延熙並不知情，畢竟那段音樂太溫柔，溫柔到她睡夢中都在憨笑，然後睡得更沉。

等到她醒來，已經是十點半了。

「妳怎麼還沒上學？不舒服嗎？」蔡慶元關心問：「是不是生病了？」

他這麼問可把鄭延熙心虛的不知道要說什麼啊！

「呃，沒、沒有啦。」

「那是怎麼回事？很晚了耶。」

「也沒什麼啦，今天早上沒有考試，我想說……可以睡晚一些。」

鄭延熙答得很小心，深怕一不小心惹蔡慶元不高興，畢竟蔡慶元好像對「準時上學」這件事情十分的執著。

「不能這樣，我說過好幾遍了吧？嗯？」蔡慶元很有耐心地說。

「可是以前我都這樣啊。」鄭延熙依舊不覺得遲到事件什麼大事，不明白蔡慶元為何急成這樣。想著想著，一不小心脫口而出：「以前張中奕都不會管我遲不遲到。」

完了。

她不知道自己一開口會是張中奕的名字。

張中奕啊……

這名字於她，恍若隔世，就好像從沒存在過，卻又帶著影子，緊跟在她生活後頭。

原來「分手」二字不過像是種儀式，儀式結束之後，兩人即使各奔東西，心依舊會惦記著彼此，那段擁有過對方的曾經，不會因為儀式結束而跟著消失。

最近她的生活被蔡慶元與楊日辰填滿，加上她已經開啟高三苦讀模式，雖然上課遲到，但其餘時間都在把之前落後的地方補齊。

每每她覺得自己就快要把他給忘了，卻又在那瞬間突然想起來，而且非常、非常深刻，彷彿還有溫度。

然而再次提起，她才發現自己的心仍然是那麼痛，就好像之前不過是把傷口藏起來，任由生活的繁忙將這件傷痛覆蓋住，一旦挖開，才驚覺裡頭滿目瘡痍。不是忘記了，只是不願再想起。

是啊，就算分手了又如何？又不是分了手，兩個人一同經歷過的點點滴滴就會跟著被切斷，他們的生活會從過去的回憶繼續延續下去，只是不再是「我們」。

電話另一端沉默許久，偶爾傳來車輛行經的吵雜聲，鄭延熙知道自己把氣氛弄尷尬了，再怎麼樣，把人拿來做比較，本身就是一件傷人的事。

「你……你覺得他現在過得怎麼樣？」切話題也得切得自然一點，這點鄭延熙還是知道的。

蔡慶元深深嘆了口氣，才道：「可能就像妳一樣，偶爾還是會想起。」

「放學我會再來接妳。」蔡慶元不冷不熱的說，聲音沒有絲毫起伏。他沒問她意願，就好像學校發的第八節課後輔導意願書——純屬通知。

鄭延熙點點頭，轉身進入學校。

一進教室，安芮就衝上來，要鄭延熙別進教室，一個勁兒的把她拖到樓下。

鄭延熙跟著慌張起來，急忙問：「安芮，怎麼了？發生什麼事情？」

「班上有老鼠。」

「蛤？」鄭延熙沒聽清楚，音量變大。

安芮清了清喉嚨，「我說，班上有老鼠。」

鄭延熙念的是三類組，江義高中的三類組學生被戲稱為「動物園」，不少人在學測前開他們玩笑，說他們以後沒大學念沒關係，可以去動物園當訓獸師。

是這樣的，也不知道是從哪一屆的學生開始，江義高中的三類組學生就特別喜歡在教室裡養小動物，還會替牠們取名字，同樣的小動物如果出現第二隻、第三隻，就會在後頭加上數字以便分辨，例如金元寶二號、金元寶三號……依此類推。現在整個三類組千奇百怪的小動物一大堆，但他們不會興致消失了就棄牠們於不顧，應該說，他們的興致從沒消失過，根本把這些小動物當自己的親骨肉在養，照顧得無微不至。

重點來了，鄭延熙此生最怕的動物，非「鼠類」莫屬，這是有原因的，她小學時，某天才剛剛走出家門，就被一隻被車子撞飛的老鼠打到。從此她與老鼠勢不兩立——有老鼠在的地方就沒有她！

偏偏他們班養最多的就是老鼠，連那種常常在水溝裡發現的老鼠都帶回來養，你說這是愛心氾濫，還是真的有病？

通常這些小動物都在籠子裡，但學生會幫他們安排每日行程表，什麼時間該吃飯、什麼時間可以出來曬曬太陽之類的。

不幸的是，今天早上，金元寶四號——班上同學領養的第四隻老鼠，趁他們把籠子打開時開溜了。

溜走就算了，等他們找到金元寶四號時，發現牠正窩在鄭延熙的椅子上安靜睡覺。大家一致認為這個畫面太美好，決定等金元寶四號醒來再帶回籠裡去。

「美好個屁啊！」鄭延熙大叫。「妳怎麼沒有阻止？妳是不是不愛我了……」

「行行行，妳別激動，我那時候在解題所以沒注意到，等會兒我讓他們把椅子換了，好嗎？」

「換張全新的。」

「好好好，沒問題。」

鄭延熙驚魂未定，她想，要不是今天她這個時間才到學校，不然現在金元寶四號睡的地方就不是她的椅子，而是她的腿上了！

她誠懇的望著安芮，千叮嚀萬囑咐：「一定幫我換新的椅子。」

由於上午的老鼠事件，鄭延熙一整天坐立難安，當放學鐘聲敲下，她宛如溺水的人攀到一根浮木，誇張的倏地站起來，雙手向上張開，閉上眼睛深深吸了一口氣——

「神經病。」徐書煒說完，爆笑出聲。

鄭延熙心情正好，所以沒理會他。

「喂，鄭延熙，學長在等妳了。」上完廁所的安芮走進教室，經過鄭延熙時順道提醒她：「不要又拖拖拉拉的。」

鄭延熙心裡燃起一陣欣喜，快速地收完書包奔下樓。

「學長！」鄭延熙人還沒到校門口，一面衝一面喊。

蔡慶元朝她揮揮手，嘴邊噙著輕淺的笑。

「小心點，別摔跤。」他溫聲道。

「我要是摔跤了怎麼辦？」鄭延熙接過安全帽，好奇問。

「能怎麼辦？擦藥吧。」

鄭延熙撇撇嘴，忍不住賭氣道：「蔡慶元，我要是跌倒了你沒接住我，咱倆就友盡！」

聞言，蔡慶元的表情僵了下，隨即笑著應道：「嗯……我要接住妳恐怕很難喔。」

「什麼意思啊你！」知道他在開她玩笑，鄭延熙笑彎了眼。

「妳等等有要做什麼嗎？」蔡慶元發動引擎，「抓好。」

「沒有耶，回家的話就念書吧。」

「那要不要跟我去吃飯？」

鄭延熙笑起來，「蔡慶元先生，你真當我很閒啊？我可是忙碌的學測戰士呢。」她無法克制從心尖不斷湧溢而出的幸福感，忍不住想像了一下他們兩人並肩散步的畫面，好像老夫老妻。「不能吃太久喔。」

鄭延熙從後照鏡看見蔡慶元嘴角微微上揚，他笑的時候真好看，僅僅是淡淡的微笑，也能讓她打從心底安心。

他們來到一家賣小吃的路邊攤，蔡慶元點了大碗滷肉飯、燙青菜、油豆腐、嘴邊肉和皮蛋。

鄭延熙建蔡慶元點餐速度如此快速，忍不住問：「你常來啊？」

蔡慶元愣了一下，抿了抿唇，應了聲：「嗯。」

鄭延熙想問他，是不是以前也常常和趙央來吃呢？是不是還對她念念不忘，才會到今天還大老遠跑來這裡，就為了吃一碗再普通不過的滷肉飯？

「妳要吃什麼？這邊的東西都蠻好吃的。」蔡慶元把菜單推到鄭延熙面前。
鄭延熙隨手畫了個小碗雞肉飯，就拿去給老闆了。
「蔡慶元，問你個問題。」回到位子上，鄭延熙開口。
「我說妳現在連叫我學長都省了？」蔡慶元挑眉。
鄭延熙擺擺手，理所當然的說：「你已經畢業了。」
「也對。」他聳肩，欣然接受這個答案，「妳剛剛要問我什麼？」
「你和學姊分手之後是怎麼走出來的？」
挖別人隱私似乎不是一件文明人該做的事情，但鄭延熙現在什麼都不想管，他現在就要知道。
蔡慶元心臟一緊，吞了一口口水，問：「安芮都跟妳說了對吧？」
鄭延熙點頭，等他的下文。
「其實也沒有什麼走不走得出來，說真的，我現在還是……忘不了，我忘不了趙央，我們當初分得不是很愉快，所以我到現在都還沒有真正釋懷。」蔡慶元把如此沉重的話說得雲淡風輕。
「那你現在有辦法接受『談戀愛』這件事嗎？」見他一臉困惑，鄭延熙繼續道：「我的意思是，你還會不會再談戀愛？或者說……你們如果在未來某一天相遇了，有沒有機會復合？」
「會吧。」蔡慶元秒回，「我一定還會再談戀愛，只是那個人不會是趙央。我們吵吵鬧鬧這麼多次，也不可能再復合了，況且我不走回頭路。」
他說，他不走回頭路。
鄭延熙覺得這話從他嘴裡說出來特別悲壯。
她沒有參與到蔡慶元與趙央那段感情，但從蔡慶元的語氣判斷，他愛她，不管他們是不是分手了，他仍然愛著她。

蔡慶元明明還那麼愛趙央，卻又說自己不走回頭路，鄭延熙只覺得矛盾，他這根本是找了藉口把自己封起來，說還會再談戀愛，可心裡頭還有別人，要怎麼迎接下一段感情？

「就像妳跟張中奕吧，妳到現在依舊忘不了他，不是嗎？可妳不會因此就不再談戀愛，妳的心裡有張中奕，但這並不影響妳的下一段戀情啊。」

鄭延熙不懂，她與張中奕，跟蔡慶元與趙央，這兩對是截然不同的好嗎……

「有時候並不是忘不了，而是不想忘。」

蔡慶元告訴鄭延熙，他只是不想把他與趙央的過去視為一種沉重包袱，他正試著與那些過去和平共處，無論是快樂的，或是令他悲傷後悔的。

他好像笑了，又好像沒笑，「正是因為張中奕，才有了現在的鄭延熙，妳為什麼要忘？你們之間的種種都是回憶，時間久了就會發現留下來的都是美好的部分。」他深邃的眼眸赤裸裸地望進鄭延熙眼裡，「現在的妳，很好。」

鄭延熙怔怔地看著蔡慶元，就好像他的雙眼擁有吸引住她目光的魔法一般，讓她無法移開視線。她只覺得，眼前的人很懂她，蔡慶元非常清楚她的感受，很能理解她的心情。他們就像兩隻受過傷的流浪貓，在黑夜裡遇見彼此，然後為彼此舔舐傷口。

「蔡慶元，我覺得你應該要好好地敞開心扉。」鄭延熙平靜地說。

「是嗎？」蔡慶元輕輕地笑了。鄭延熙聽不出來他這是認同，還是只是自嘲。

「嗯，不會有人第一次談戀愛就圓滿的，如果有，那就是運氣特別好，一次就遇見了那個對的人。不過通常都是要走過很多顛簸，才會有幸福的結局。」

「我不相信童話故事或是偶像劇那套喔。」蔡慶元非常堅定。

鄭延熙搖搖頭，「我也不信。但世界不會就這樣對你的，一定會讓你在對的時機遇上對的人，給你們一個圓滿結局。」

如果不這麼想，如果不相信上天會給我這麼一個人，讓我擁有美好的結局……我們又該怎麼在如此傷人的愛情裡生存呢？

「蔡慶元，你知道CROSSROAD嗎？」

「十字路口？滅火器唱的？還是楊大正？」他被她突如其來一問，有點反應不過來。

「不是，那是我最喜歡的樂團，雖然他們解散了。」鄭延熙傳了一個網址給他，「你回去聽聽看這首歌。」

蔡慶元點開網址，將手機畫面停留在YouTube頁面，說：「好，我知道了。時間晚了，我送妳回去吧。」

鄭延熙胸口隱隱作痛，她好像喜歡上了蔡慶元，又好像不是，她現在還無法確定自己的感情。但當她得知蔡慶元對趙央仍然念念不忘，她喉間便不免湧起一陣酸澀，就好像是陳年老醋，只是輕輕聞一下，都忍不住掉淚。

這是第幾天　還停在原地繞圈
等待新的機會　望著窗外的天邊
望著所有記載的畫面
就算不能更遠

也得把握剩下的時間
在我們都遺忘之前　向著我們憧憬的畫面
我們都說好要一起往前
我們的故事沒有終點　忘了那些累贅
和從前的浪費　重新往前

（〈在我們都遺忘之前〉詞：李柏樂，曲：李柏樂、張孝駿）

天空漸漸轉為粉紫色，夕陽躲在雲後，周圍盈著美麗卻難以直視的光芒。馬路上的喧囂嘈雜，人群的熙攘吵鬧，在這一刻彷彿沒了聲音，只剩下她和他此起彼落的呼吸聲。

他們肩並肩，一直走，一直走。

吶，蔡慶元，能不能我們都忘掉過去，把握現在，重新往前？

「你要回家了嗎？」鄭延熙問道

蔡慶元想了想，說：「我想去回學校看看。」

「學校？江義嗎？」

「嗯。」

看來他真的很喜歡夜晚的江義高中呢。鄭延熙心想。

「那我跟你一起去吧！」鄭延熙調皮的眨眨眼，「我們今天來翻牆！」

到了校門口，蔡慶元把車停在一旁的樹下，鄭延熙則暖身，做好準備翻牆的準備。

「真的要翻牆啊？」蔡慶元失笑。

鄭延熙看著他好一會兒，挑眉道：「反正我是會翻，要不要一起隨你。」

反正你到最後都會翻的。鄭延熙偷偷在心裡笑道。就像上次在校門上刻字一樣，一開始蔡慶元也不願意，等到鄭延熙做了之後，他又跟著做。

學校外牆整修過，原本推得很高的磚頭，從前年開始，也就是鄭延熙入學那年，變成了極低的鐵欄杆，要說多低，就是連鄭延熙這種小矮人都可以輕鬆翻越的那種程度。

「嘿！」鄭延熙跳進學校裡面，「Safe！」

她望向還站在校門外的蔡慶元，壞笑問：「真的不進來嗎？完全沒事喔！」

被鄭延熙這麼一說，蔡慶元笑了出來，立刻爬上欄杆，不到三秒的時間，完美落地。

「那我們現在要幹嘛？」蔡慶元拍拍手上的灰。

「隨便晃晃嘍。」鄭延熙想了想，又說：「要不這樣吧，你帶我去看看，晚上的江義高中，有多美。」

聞言，正在拍掉手上灰塵的蔡慶元瞬間僵住，但鄭延熙沒有察覺到，硬是抓起蔡慶元的手，拉著他往前走。

「放手！」

也不知怎麼的，蔡慶元突然用力把鄭延熙的手甩開。由於力道太大，鄭延熙重心不穩，跌坐在地上。

「啊！」摔在地上的那刻，她痛得叫出聲。

「誰！誰在那裡！」聽到叫聲，教官立刻拿著手電筒從教官室裡奔出來。

蔡慶元見情況危急，毫不猶豫地抱起鄭延熙，往學校裡面跑。

蔡慶元一直跑到健康中心才停下來，他小心翼翼的將鄭延熙放下，扶著她進健康中心。

「這怎麼受傷的呀？」健康中心阿姨一邊皺眉問，一邊拿起酒精給傷口消毒，「傷口有點深呢，回去務必注意，不要讓傷口感染了。」

鄭延熙痛得面目猙獰，但比起傷口的痛，她的心更難受一些。

蔡慶元方才是對她發火了嗎……

她沮喪又受傷的模樣蔡慶元都看在眼裡，他十分懊悔的低低說了句：「對不起。」

蔡慶元的道歉並沒有讓鄭延熙心情比較好，反而讓她更加難過。他這是承認了剛剛是在朝她發火了，不是嗎？想到這裡，鄭延熙鼻尖一酸，忍不住掉下眼淚來。

「哎呀，男子和千萬千萬不能讓女孩子哭餒！」健康中心阿姨替鄭延熙包紮好傷口，揮手趕人，「去去去，趕快安慰一下人家。」

「謝謝阿姨。」蔡慶元向健康中心阿姨點頭致謝，動作輕柔地將鄭延熙從椅子上扶起。

「剛剛……對不起。」他倆坐在健康中心外的椅子上，蔡慶元再一次向鄭延熙道歉。

鄭延熙搖搖頭，「比起道歉，我更想知道原因。」

蔡慶元沒有說話，鄭延熙知道蔡慶元沉默，不是在想該如何開口，而是不想說。就只是不想說而已。

於是她沒再逼他，最後說了句：「我們走吧，很晚了。」

鄭延熙從沒想過，這句話會是由她先說出口。

▶ 這樣不遠也不近的距離，讓我找不到走向你的路。

第四章

當你發現自己喜歡上、愛上一個人，那大多是在兩個人分別的時候。

鄭延熙抱著枕頭在床上滾來滾去，心情複雜地無法入睡。

她撥了通電話給安芮，安芮沒有接，她在通訊錄裡找了許久，找不到半夜三點醒著機率高的人可以陪她聊天。她不要那個人太多話，只要聽她說說話就好。

然後，她的手指停在「楊日辰」三個字上。

「……喂？」

「你在睡覺嗎？」鄭延熙小聲的問。

「都幾點了，廢話。」雖然是在罵人，但楊日辰的聲音聽起來很沉，沒什麼魄力，彷彿快要沉入海底。

鄭延熙聽見電話另一頭傳來沙沙聲響，扁嘴道：「好吧，那你睡吧，我不吵你，晚安，祝好夢。」

「靠，回來。」楊日辰將枕頭立起來靠在背後，坐起身子。

回……回來？

Excuse me？這人是把她當什麼了？忠犬小巴嗎？哈囉？

「幹嘛啦！」鄭延熙不耐煩。

「這話是我要問的吧！要說什麼快說，有屁快放。」

「沒記錯的話你小我一歲，我不覺得這是一個對比自己年紀大的姊姊說話應該要有的態度喔。」鄭延熙嘻嘻笑。

「小妳一歲又如何？腦子比妳好。」楊日辰不屑應道。

「腦子比我好是吧？日理萬機是吧？神通廣大是吧？你神啊你？你以為你在演《鬼怪》啊？」

楊日辰冏，我不過說了妳一句，妳倒是回我千千萬萬句。

「……我看妳腦子有洞。」

人在詞窮之下罵人是不可取的，但楊日辰才管他去死。

「腦袋有洞通風啊！」

瞧瞧，方才說什麼可取不可取的，鄭延熙這麼一回，誰還想得了這麼多？這腦洞開太大了唄！

楊日辰這下是連罵她都覺得懶，乾脆把話題拉回正軌。

「喔，那我問你喔，」鄭延熙清了清喉嚨，「我有個朋友啊，她最近跟一個學長走很近，兩人感情也越來越好，但今天她得知那個學長不是忘不了前任女友，而是不想忘……你覺得，這樣他還有可能接受我朋友的告白嗎？」

「妳要跟他告白？」楊日辰驚呼，瞬間清醒。

「你怎麼知道我在說我自己……不是，我不是說我啦，我朋友，我在說我朋友。」

楊日辰無語，「妳之前跟我說過妳學長的事情了，智障。」

「喔……噢？對耶！好啦，那……你覺得呢？就男生的立場而言。」鄭延熙玩起棉被的被角。

「……我想想喔。」楊日辰沉默許久，說：「我覺得男生不可能對一個沒有好感的女生載來載去啦，你看他每天上下學接送的，我跟妳說啦，感情這種東西，現實點來說是求回報的，他的所作所為也許都是為了達到某種目的。」

「什麼目的？」

「讓妳喜歡上他？」楊日辰想了想，又說：「彌補過錯？」

「……你這是問句還是肯定句？」鄭延熙從他最後那個字的尾音上揚，無法判斷出這句理應是肯定句的話是不是變成問句。

「問句。我不能給妳確切的答案。」楊日辰答得果斷，鄭延熙卻焦躁起來。

「萬一到最後發現是我自作多情呢？」

「那就掰掰啦。」

要不要這麼豁達？

「楊日辰，你看得真開。」鄭延熙說起來像是在抱怨，抱怨楊日辰的樂觀。

「沒辦法啊，笑著也是一天，哭著也是一天，我才不要把時間花在感傷上頭，多無趣啊。」他爽快回，「我要睡啦，晚安，祝好夢。」

鄭延熙笑起來，「學屁啊。」

她心頭暖暖的，就好像有誰在裡頭放了暖爐一樣。

楊日辰總是可以這樣，把她打結的心事一一解開，還她一個笑容。

「你也晚安，祝好夢。」

＊

「麥當勞報報」這個APP對鄭延熙來說是一個偉大的發明，其實不只是她，這對任何一個窮學生，尤其是沒錢沒時間的學測生來說，完全是神一樣的存在，充滿希望。

通常麥當勞報報抽到的東西都不會太差，基本的優惠一定有，當然每個人的需求不一樣，抽到的東西價值也會隨之不同。

嗯，這是廢話。

重點是，鄭延熙今天抽到麥克雞塊買一送一，有夠幸運。

新的一天就有如此美麗的開場，鄭延熙帶著好心情上學去了，比平時早了一個小時到校。

蔡慶元今天沒有來接她，說是社團有事，得盡早處理，他昨天晚上回家後接到社長的電話就立刻折回學校開會了，後來乾脆直接睡在社辦沙發上。

雖然上回見面他倆算是不歡而散，但人到底都是健忘的，那天之後，他們像是什麼也沒發生一樣，繼續傳訊息、打電話。

鄭延熙心底那個心疼啊，他肯定整晚都沒睡好。

也不知道是發生什麼事情，如果是不好的、很難處理的……那麼蔡慶元不就有很長一段時間不能接她上下課了嗎？若真是這樣，他們見面機會就會減少很多了，好失望啊……

「回神！鄭延熙回神！」安芮坐在鄭延熙前面的位子，兩隻手在空中揮舞。

「……啥啊？」鄭延熙懶懶地回。

「給妳的。」安芮把一瓶草莓牛奶推到她面前。

鄭延熙從以前就很喜歡喝草莓牛奶，尤其是心情不好的時候。

「我們安芮真了解我。」她感動的說，只差沒掉幾滴眼淚。

安芮抬手阻止她繼續演，「行了，那麼請你把妳跟學長的進度定期回報給我，作為報答。」

鄭延熙臉色沉了下去，低低的說：「其實也沒什麼……」她把她與蔡慶元兩人的感情觀大致描述給安芮聽，安芮若有所思的點點頭。

「你們兩個還真配。」

「配嗎？配吧！哈哈！」鄭延熙欣喜若狂。

安芮瞪她一眼，「白痴，我是說就你們現在的狀況來說，你們應該是找到跟自己很像的人。」跟自己很像的人？

「不對啊！我們哪裡像了？」鄭延熙蹙眉道：「他已經不相信愛情了，可我還相信，我願意再愛。」

「少講那種噁心的話。」安芮嫌棄地說。

鄭延熙露出釋然的笑容，要安芮別擔心她。「放心，我知道妳要說什麼，我懂妳的意思的。」

她知道的。

她和蔡慶元就是兩隻受傷的小動物遇見彼此，為彼此療傷。

可她還是想要試試看，她想知道，他們之間有沒有可能有愛情，在他們心裡都住著一個人時，會不會因為受傷的心萌生出愛的枝椏，有沒有可能，有一天，他們的感情不再是因為相互療傷而存在，而是因為對方是他，因為是他，所以我願意放手一搏，再賭一次。

午飯時間，鄭延熙到福利社買了麵包和草莓牛奶，安芮則是捧著自己帶的便當和她一起到樓梯間吃。

「妳就算了，為什麼他也在？」鄭延熙朝徐書煒努了努下巴，接著命令道：「徐書煒，你給我滾回去。」

「Why？如果妳give me a reason，我就會think think。」徐書煒雙手環胸，居高臨下的看鄭延熙。

鄭延熙忍不住翻了白眼，這文法跟「People mountain people sea」有什麼兩樣？她頭疼。

「拜託你，不要用你的破英文跟我講話，讓人想哭，求你了，好嗎？」鄭延熙「啪」地一聲拆開麵包包裝，大口咬下一口，含糊不清的說：「別在這裡秀下線了，趕緊回去念書，乖。」

徐書煒可憐兮兮地找安芮求救，沒想安芮也不站他那邊，甚至跟著附和鄭延熙：「你這程度我也很心疼。」

待徐書煒離開後，鄭延熙禁不住好奇心，嚥下最後一口麵包後轉頭問安芮：「他這是怎麼回事？最近突然黏著妳。」

安芮靜默了一會兒，才淡淡道：「妳知道我不談戀愛的對吧？」

鄭延熙點頭，「我當然知道啊，這應該大家都知道吧？我們芮芮大美女可是萬年單身耶。」

「徐書煒跟我告白了。」

「蛤？他跟你告白？」鄭延熙大叫。

「噓！小聲點！」安芮連忙制止。

「徐……徐書煒告白了喔？」

安芮蹙眉，「妳這問法怎麼怪怪的？」

鄭延熙挑眉，理所當然地說：「看得出來啊，他這麼明顯。」

「那妳怎麼沒有跟我講……」安芮扶額，看起來是真的很煩惱。

「不是啊，妳要是不喜歡，拒絕就好了，幹嘛一副世界末日的樣子？」鄭延熙不解地笑道：「太誇張了吧。」

安芮瞪了鄭延熙一眼，說：「我媽跟徐書煒的媽媽是超好的朋友，妳要我怎麼辦？」

「……為什麼我現在才知道？」

「我不覺得這有什麼啊。」安芮兩手一攤，接著又說：「但現在想想，這根本是孽緣吧？徐阿姨請我當徐書煒的家教，還送徐書煒到跟我一樣的補習班補習，這些可能都是順著徐書煒意思的。」

「哇，那徐書煒肯定是真的非常非常喜歡妳欸。」鄭延熙由衷的讚嘆，她才不會為了喜歡的人去念書，哈！

「喂喂，這是重點嗎？」

「重點是什麼？妳的擔憂不應該建立在上一輩的交情上啊。」鄭延熙皺眉，始終不能理解安芮。

安芮重重嘆了氣，「徐阿姨對我很好，以前我爸媽不在家時，都是徐阿姨照顧我的，徐阿姨就像我的家人一樣，我不想讓她難過。」

「妳的意思是，徐阿姨也很希望你們兩個在一起囉？」

安芮點頭，「而且，徐書煒是因為我才開始這麼努力讀書的，要是我拒絕他，我怕他會回到以前那樣……妳應該很清楚吧？就是跟你一樣，只知道玩，不知道唸書。」

鄭延熙差點無言，她這是躺著也中槍啊！

但安芮現在心情是真的很差，鄭延熙也就不想多計較什麼……是說，這也沒什麼好計較的，畢竟安芮說的是事實。

她聽著安芮訴苦，慢慢理解到安芮是真的很在乎徐阿姨的，她很珍惜這段緣份，不想讓徐阿姨難過。

唉，世界上最難還的就是人情啊！

最後鄭延熙並沒有去麥當勞兌換麥克雞塊買一送一的優惠。

回家路上她一直在想，安芮不過就是講話不怎麼中聽，說到底不就只是比較不會安慰人嘛，大抵還是善良的，怎麼老天爺這般對她？

雖然談戀愛不是件什麼了不得的大事，但對安芮一個獨立到極點、又是「單身主義」的新時代女性而言，這確實是個大麻煩。

安芮是她最好的朋友，她心疼。

走著走著，迎面撞上一堵人牆。

「喔好痛！」鄭延熙捂著鼻子，整張臉都皺在一塊兒了。

「誰叫妳長這麼矮，讓我看不到妳。」楊日辰忍不住嘴角上揚。

什麼看不到，他可是遠遠的一眼便瞧見她了，故意給她撞上的呢。

「楊日辰……」

不知為何，聽見楊日辰的聲音，鄭延熙就覺得想哭。

「少給我怪腔怪調，妳又怎樣了啦？」楊日辰一臉鄙夷。

「我肚子餓了，超餓。想吃鹹酥雞。」鄭延熙苦笑，她吸吸鼻子，免得真的哭出來。
楊日辰輕輕嘆口氣，「走吧，去吃東西。」
「會不會太飽啊？才剛過晚餐時間。」
「現在幾點？」
鄭延熙抬起手，將手錶喬正。「八點十五分。」
「哇，那真的是剛過沒很久……」難怪他並不覺得餓。今天打工前實在是太餓了，所以楊日辰跑去超商買了兩個包子吃，外加一瓶罐裝可樂，直到現在都還沒消化。
「那還要去吃嗎？你應該已經吃過了吧？」鄭延熙問，她打了個呵欠。「我還沒吃。」
楊日辰一驚，不自覺地提高音量：「妳還沒吃晚餐？」
鄭延熙點點頭。
「走走走，別吃鹹酥雞，哪有人把鹹酥雞當一餐吃的，多不健康啊。」
「我這都要被你養肥了。」鄭延熙撇撇嘴，「我可是很容易胖的。」
「女生胖點好啊，不要太瘦，還是要有點肉才好看。」
「真的假的！」
「怎樣？妳幹嘛那個表情？」楊日辰見她眼睛閃閃發光，伸手輕輕捏了下她的臉頰。
鄭延熙不知是生理反應還是心理反應，紅了紅臉，小聲到：「我第一次遇到有男生喜歡身材肉肉的女孩子。」
楊日辰也不知道是在害羞什麼，臉頰到耳根子跟著泛紅。「那……那、那是因為抱起來很舒服啊，跟抱枕一樣。」

「喂！把我們當什麼了！」
「哈哈哈哈！開玩笑的、我開玩笑的。」
最後他們在一間義式餐廳停下。
「又來……吃不膩喔？」鄭延熙傻眼。
「不是跟著妳走的嗎？」楊日辰好像也很傻眼。
忽然有個身影從前面閃過，鄭延熙定睛一看，發現是蔡慶元。
瞬間她心情都好一大半了，開開心心的在窗外跳來跳去、向他揮手，一心想要引起蔡慶元的注意。
「妳白痴啊！」楊日辰則是用「妳這個神經病」的眼神看她。
可是、好可愛。

結果蔡慶元是來打工的。正確來說，是來替朋友代班的。
鄭延熙開心得直盯著他瞧，蔡慶元走到哪，她的眼睛就跟到哪，心也跟到哪。
楊日辰這是愈看愈不爽，好歹他也是個人氣小王子，就這樣給人晾著，心裡不平衡啊。
「喂，我說妳，什麼時後才要點餐？」楊日辰不耐煩地問。
鄭延熙「抽空」瞟他一眼，又繼續看著蔡慶元。
「等、等等啦，他就要來了。」說完，馬上變臉，皺眉道：「人家打工很辛苦的，你怎麼就這麼沒同理心？沒看到人很多嗎？」
「……鄭延熙，我這是陪誰來吃飯的？妳有沒有兇錯人啊……」他差點無言。現在都過晚餐時間了，幾乎沒什麼客人，鄭延熙這是明明白白的護短啊！

「要吃什麼？」蔡慶元終於走到他們這一桌。他壓了下原子筆，發出「喀答」一聲，彷彿打開鄭延熙心裡某個開關。

「我、我要……」鄭延熙這才翻菜單，「啊，那個，你推薦什麼？」

「我們這裡最推薦的是青醬海鮮義大利麵，這是店內的招牌，尤其我們的青醬……」

「我要奶油雞肉義大利麵。」楊日辰突然打斷他。

蔡慶元當然知道他是故意的，但也沒跟他計較，畢竟他現在不能跟「客人」發生口角，這麼做對他不利。

「好的，一份奶油雞肉義大利麵。」

「咦？你上次不是吃青醬嗎？青醬雞肉義大利麵。」鄭延熙好奇。

「我覺得不好吃。」

鄭延熙微微睜圓了眼，他怎麼就當著蔡慶元的面批評他推薦的料理啊！超級沒禮貌！

「我覺得挺好吃的。」鄭延熙說完，轉頭對蔡慶元甜甜一笑，「那我要青醬海鮮燉飯，因為前幾天才剛吃過義大利麵。」

「好。」蔡慶元迅速的在單子上勾選，「這邊為您重複一下：一份奶油雞肉義大利麵，和一份青醬海鮮燉飯。稍後為您送上餐點。」

蔡慶元離開之後，鄭延熙皺眉道：「你剛剛為什麼那樣？心情不好？」

「心情不好的不是妳嗎？」楊日辰反問。

嗯……這麼說好像也是。

「不是啊，蔡慶元又沒幹嘛，你兇他有什麼意思？」

「就說我沒有了！」楊日辰惱羞成怒，別過眼不再看她。

鄭延熙實在摸不透楊日辰的脾氣，一下子對她好聲好氣，溫柔如水；一下子又變得怪裡怪氣，暴跳如雷。

她心裡正愁著，看著楊日辰賭氣的模樣卻莫名愉快，多像個小孩子啊。

不久，另一名服務生將餐點送上來了。熱呼呼的蒸氣擋在鄭延熙與楊日辰之間，鄭延熙不知為何，突然覺得楊日辰這個人變得好不真實啊，像夢裡才會出現的人。

楊日辰被鄭延熙盯得不自在，終於和她對上眼，「幹麼？」

鄭延熙撇撇嘴，「沒什麼，就覺得你點的食物好像都很好吃。」她隨便找了個理由搪塞過去。

「……要吃就先跟我說一聲。」

「知道啦。」

真是的，楊日辰把她講得多像一個愛搶人家東西吃的人啊！

不過倒是真的，從小到大，鄭延熙和鄭東禹姊弟倆就特別喜歡搶東西吃，舉例來說，明明兩個人買的是同一家車輪餅，還都是奶油口味兒，但他們卻偏要搶彼此的吃，鄭延熙覺得鄭東禹的奶油車輪餅聞起來比較香，鄭東禹覺得鄭延熙的吃起來比較甜。

是不是人都是如此？老認為別人的東西比較好，得不到的就愈想要。

「延熙，這給妳。」

鄭延熙順著桌上的巧克力布朗尼往上看去，撞進蔡慶元盈滿笑意的眼睛裡。

「我沒有點這個耶。」鄭延熙估計是看傻了，她心裡滿滿都是蔡慶元啊，這麼溫柔的一個人就站在她面前啊。

「我請妳的。」蔡慶元的笑容又更深了一些，然後他轉頭，對正在吃麵的楊日辰說：「你吃焦糖烤布蕾嗎？」他將另一份甜點輕輕推到楊日辰前面。

楊日辰喜歡吃青醬，也喜歡吃焦糖烤布蕾，這人今天什麼都說對了，也什麼都做好了，就算他在他面前擺架子擺臉色，蔡慶元也沒有絲毫惱怒，反而笑容面對一切，這樣顯得他小家子氣。

「你是延熙的朋友，所以我也招待你。」見楊日辰不語，蔡慶元解釋道。

楊日辰點點頭，沒有多說什麼。

有的時候，總是掛著笑容的人，反而給他一種可怕的感覺。

因為那樣子的人，一旦傷害了人，絕對會讓對方痛得生不如死。

「啊！好飽！」鄭延熙摸摸肚皮，對天空吐了一口長長的氣。

天空已經墜入一片漆黑裡，沒有星星，月亮藏到灰雲後面，暈出淒冷白光。

蔡慶元要留到很晚，所謂的很晚大抵就是到結束營業外加收班，鄭延熙待不了那麼久，她還得回家做作業，然後複習明天要考的複習考。

要不是如此，她還真想等到蔡慶元下班，要他載她回家。

「我們下次別來這家了。」楊日辰哼氣，有些懊惱。

「啊？喔，沒關係啊，反正這附近還有很多好吃的。」鄭延熙擺擺手，表示不介意。「看來你真的非常討厭這家義式料理耶。」

楊日辰橫她一眼。才不是那樣，我只是不想看到你跟那個叫做蔡慶元的人眉來眼去，把我擱在一邊畫圈而已。他心想。

他不知道這是什麼感覺，但就是不喜歡鄭延熙跟除了他自己還有鄭東禹以外的男生接觸。

沒辦法，雖然他對鄭東禹毀他名聲的事情依舊懷恨在心，但誰叫他是她弟，總不能叫他們分開吧？

「楊日辰，你是不是……」

「什、什麼？」

鄭延熙無言了一會兒，才認真的問：「你是不是討厭我啊？」

「……」

這姑娘腦袋出問題了不成？

「因為你看起來很不高興啊，從剛剛到現在你臉就很臭，跟兔子大便一樣臭……」鄭延熙想了想，又說：「你知道兔子的大便很臭吧？真的很臭，我小時候住阿嬤家，隔壁鄰居養了一隻棕色的兔子，她超愛大便大在我阿嬤家庭院門口的，真的很臭！」

楊日辰實在不曉得她這話題到底怎麼跳的，只好隨口附和：「嗯，臭。」

「對吧對吧。」

「嗯。」

「跟你跟的臉一樣。」

「嗯對……喂！」

「啊哈哈哈哈哈。」

鄭延熙知道楊日辰追得上她，但還是跑給他追；楊日辰知道自己絕對追得上鄭延熙，但還是配合著她的興致放慢速度——

他們兩人之間維持在一個快要追上卻沒碰上的平衡中。

「好了好了，我認輸，你體力真好。」鄭延熙喘著粗氣，舉雙手投降。

「知道就好，以後別惹我。」楊日辰洋洋得意，方才的不快一掃而空。

鄭延熙則一臉不齒的看他，「跟一個女生比，你得意什麼？」

「妳這是得罪不少女生了妳，別性別刻板印象，快把剛剛的話刪除，快。」

……刪除個頭。鄭延熙簡直無言以對。

一開門，就看到鄭東禹斜躺在沙發上玩手機，那個姿勢很不科學，鄭延熙覺得他的頭跟脖子是分開的。

「坐好坐好。」鄭延熙扔了一句話後，逕自走回房間。

「欸姐，外套我已經還給那個人了。」鄭東禹跟了上去。

「喔，謝啦。」

「錢咧？」鄭東禹伸出手掌，在鄭延熙眼前晃了晃。

等我心情好再說——她原本想這麼回的，但看在她今天有遇到蔡慶元，心情似乎變好的份上，饒過他。

鄭延熙從前包裡抽出一百元鈔票，在從存錢筒裡面挖出一枚五十元硬幣，放在鄭東禹的手掌上。

鄭東禹樂得眉開眼笑，鄭延熙真心認為自己的弟弟發自內心笑起來真好看，只可惜他只有在看到錢時才會露出那樣的表情。

雖然他們姐弟倆從小失去雙親，小阿姨卻也沒讓他們受多少苦，讓他們不用煩惱錢的問題。但這對姐弟的金錢觀非常不一樣。

鄭延熙對金錢抱持一種「超脫世俗」的心，沒了就少吃點，有了也不多花，只有在領到零用錢的第一天請安芮吃飯而已。

但鄭東禹就不一樣了，只能說他「超」愛錢，還摳得不得了。

「我們東禹啊，姐姐有點擔心你呢。」鄭延熙摸摸鄭東禹的頭。

她的關愛滿滿在他眼裡叫做可憐兮兮，於是鄭東禹毫不客氣地拍開她的手，並且附贈一記白眼。

「少噁心了。」他說。

*

江義高中最盛大的活動，莫過於每年十一月的舉辦的「糖葫蘆節」。

這個節日的由來，傳說是很久很久以前，有個學妹喜歡一個學長很久，但一直不敢說，於是在學長畢業那天，鼓起勇氣送他一支自己做的糖葫蘆，鮮豔欲滴的草莓一顆顆串在竹籤上，裹著厚厚的麥芽糖漿，學長一吃下去，就忽然愛上那位學妹了！

後來江義高中的學生更發揮創意，延伸出許多「糖葫蘆語」，每種水果沾上糖漿代表不同含意，例如草莓代表「有勇氣的愛情」、番茄代表「單純喜歡你」、蘋果代表「平凡的幸福」、芭樂代表「糊里糊塗愛上你」……

這個活動舉辦在校慶前夕，由學生會負責承辦，每每到了糖葫蘆節前兩周，學生會經常上上下下忙得不可開交。

鄭延熙是學生會美宣部的組員，雖然已經高三，學校活動高三不須參與，但由於今年高二的美宣部人數不夠，此項活動又特別盛大、重要，因此學弟妹向鄭延熙還有其他高三學長姐請求協助。

鄭延熙的美術不算差，她一開始就是考美宣部進入學生會的，但高一下學期轉公關部，所以她完全不清楚美宣部在下學期的糖葫蘆節究竟做了哪些事情。

不過美宣部在她印象之中，就是一切關於美術類的東西，像是海報、禮堂背景等等。

哈！簡單！不就隨便塗塗抹抹嘛！

於是鄭延熙變一口答應了——真是愚蠢至極。

「為什麼可以這麼累啊！」鄭延熙一邊剪紙，一邊幾近歇斯底里地叫。她完全沒想過還要做一些布置會場的道具。

「學姊，妳把事情都想得太美好了。」一個名叫徐善恩的學妹露出淡淡的笑容，繼續剪一個心型的紙。

「我要罷工！」鄭延熙哀號。

「來來來，給妳。」安芮拿著一瓶草莓牛奶，到鄭延熙旁邊坐下。

鄭延熙喜出望外，給安芮一個大大擁抱。

「寶貝，還是妳最好了。」

「準備得怎麼樣了？雖然我不太看好妳的剪紙技巧，但應該不差吧？」

「妳這什麼話？當然不……」鄭延熙看著剪得歪七扭八的愛心，嘆口氣說：「不怎麼樣。」

「誰叫妳這麼衝動，也不想想自己也是個高三生了，明年就要學測了耶，倒數——」

「喂喂，噓，不要說，說了傷感情。」鄭延熙俏皮地眨眨眼。

安芮無奈地搖搖頭，乾脆換了個話題：「那麼來聊聊妳跟蔡慶元吧。」

「啊？我、我跟蔡慶元沒什麼好說的啦。」鄭延熙擺擺手，「我前幾天有遇到他，他幫朋友帶班。」

「最近還有接送妳上下學嗎？」

「沒有。」鄭延熙難掩沮喪，「等等再說吧，我先把這些做完。」

「學姊，這些都給我做吧，反正本來就是我們的事，學姐也只是來幫忙的。」徐善恩的聲音像紗，輕飄飄的，彷彿能被風吹走。

「真、真的假的？」

「嗯。」

鄭延熙激動的握住徐善恩的手，感激涕零的說：「學妹，妳真善良，我愛妳，改天學姊請妳吃東西，記得提醒我。」

鄭延熙咬著吸管，和安芮回到教室拿書包。

已經放學了啊……

不知不覺就做到這麼晚了，連放學了也沒察覺到。鄭延熙在學生會幫忙的這幾天都快要與時間脫軌。

安芮拿起便當袋，猶豫著開口：「欸，鄭延熙，妳不覺得……」

「覺得我很正？」

安芮怔了下，隨即翻了一記白眼，「覺得徐書煒真的很黏人。」

鄭延熙發自內心認為，徐書煒告白真是太聰明了，安芮就是那種不說還好，攤牌了就很難假裝不知道的那種人。徐書煒已經成功地讓安芮正視他對她的感情了。

「我跟妳說，如果妳直接了當的告訴他別纏著妳，依徐書煒的個性，他說不定真的會離你遠遠的。」畢竟，徐書煒什麼都聽安芮的啊。

「這樣不太好吧？」安芮皺起眉頭，「他要幹嘛是他的自由。」

「可如果影響到妳，這就不是什麼自由不自由的問題了。」

他們慢悠悠地走出學校，一路上不著邊際的聊天，一下聊徐書煒，一下聊蔡慶元，鄭延熙還順便抱怨了學生會很累，不少學弟妹都偷懶不做事。

「那就直接搧他們兩個耳光啊。」安芮兩手一攤。

鄭延熙爆笑，「真不愧是我們芮芮，要是妳也是在學生會的重要幹部，估計下一屆就沒有學弟妹了。」

「啊——」

一聲銳利又淒慘的叫聲，伴隨著貨車長按喇叭的刺耳聲音，鄭延熙和安芮也不是特意去看到底發生什麼事、哪邊發生了車禍——

車禍就發生在他們眼前。

距離他們不到三公尺的地方，一位孕婦倒在血泊裡。貨車司機趕緊下車查看，眾人也紛紛圍了過去。

鄭延熙雙腿一軟，跌坐在地上，身體無法克制的發抖著。

「你幹嘛啊！喂，鄭延熙，妳還好嗎？」安芮焦急地扶起鄭延熙。「走走走，我們離開這裡。」

鄭延熙已經不知道自己是怎麼走回來的了。

只要一閉上眼睛，腦海就會浮現腥紅的鮮血，和多年前的那場車禍……

一路上她什麼話也沒說，目睹自殺場景，胸口沉悶得令她喘不過氣來。

「別想了，要不要我們去吃點東——」

「哇，鄭延熙！到哪裡都能遇到妳耶，我今天國文考試……妳幹嘛？」楊日辰不知從那兒冒出來，正想與鄭延熙分享今天國文小考七十分的喜悅，卻發現她眼眶底下泛起的水光。

這下糟了，鄭延熙一聽見楊日辰的聲音，忍不住哭出來，一哭便一發不可收拾。於是安芮只好拉著鄭延熙到旁邊的星巴克坐一會兒，而楊日辰則像隻忠犬小巴，跟了上來。

「她怎麼了？」楊日辰用嘴型問安芮。

我跟你很熟麼？安芮在心裡默默翻了白眼。她搖搖頭，表示現在不適合講。當然也可以當成是不想講。

楊日辰拿了一疊紙巾塞到鄭延熙手中，鄭延熙一張接著一張，不顧形象地用力擤鼻涕，還不斷打嗝。

等到她哭累了，她才緩緩吐了兩個字：「餓了。」

「妳要吃什麼？我幫妳買。」安芮輕聲道。

「我去吧。」楊日辰站起來，從書包裡面找到錢包，「這次我請妳，下次換妳啊，不可以賴皮。」

鄭延熙身心俱疲的時候特別聽話，也沒和他鬥嘴，默然的點點頭。

「欸，他是誰啊？」楊日辰離開後，安芮問。

「就是之前飲料店的那個店員。」

「喔！就是他喔！」安芮驚呼，「我看他還蠻關心妳的耶。」

鄭延熙把安芮的話聽進去了，卻想起了蔡慶元。她希望此時此刻蔡慶元就在身邊，想要把臉埋進他寬厚的胸膛放聲大哭。

可能是太久沒見到他了吧。

不久，楊日辰端著田園雞肉帕里尼和抹茶拿鐵回來，他記得的，那是鄭延熙上次吃的。鄭延熙一聞到食物的味道，肚子就興奮地叫了幾聲。

楊日辰覺得無奈又好笑，把食物往鄭延熙的方向又推了推，說：「快吃吧。」

「謝謝你啊，楊日辰。」鄭延熙實在不曉得該如何向他表示自己的感謝之意。

「我也要吃一口。」安芮用手肘頂了頂鄭延熙。

楊日辰看著她們兩人的互動，心生羨慕。他交過朋友，也交過女朋友，只是沒有待他真心的，所以他不相信「友誼」與「愛情」這種東西，在他眼裡，任何關係都是建立在金錢之上的。

噢，這點跟鄭東禹還真像，也難怪他倆合不來，同性相斥嘛！

但是當他在飲料店第一次遇見鄭延熙的那天，他看見她碰上前男友時眼神裡的悲傷與不捨；當他此刻目睹鄭延熙和安芮情同手足，還有安芮看他時替鄭延熙充滿防備的眼神，他才突然意識到，無論是愛情還是友情，這些，都是真的存在的。

真的，他真羨慕她們。

「楊日辰，你是不是也想吃啊？」鄭延熙晃了晃手中的帕里尼。

「蛤？」他一頭霧水。

「你一直盯著我的食物瞧啊，你不知道嗎？而且很久了耶，是不是餓了啊？」

人發呆的時候哪會知道自己看哪裡……

「沒，我不餓。」楊日辰要鄭延熙慢慢吃，小心別噎到。然後抓起書包和外套，說：「我先去打工了，記得別難過太久，睡不著可以像上次那樣打電話給我。」說完，他比了個「六」的手勢，在耳邊晃了晃。

「幾點都沒關係喔？那我要凌晨四點打給你。」鄭延熙又開始沒個正經。

沒想到楊日辰爽快應：「行。」

她還沒來得及反應，他便匆忙離開了。

「他是不是對妳有意思？」安芮挑眉，由衷認為案情並不單純。

鄭延熙擺擺手，「沒可能啦。」他明明超愛對她生氣，怎麼可能對自己有意思啊。

安芮聳聳肩，不予置評，原本就不指望鄭延熙的少根筋能感覺出什麼來。

況且，估計對方也不明白自己的心意吧。

她忍不住嘆口氣。

若世上所有愛情都能有所回報，那該多好？

「現在好點了嗎？」安芮問。

鄭延熙點點頭，「只是想起了我爸媽那場車禍。」

一提起「車禍」，鄭延熙又開始渾身不舒服。

「我知道了，沒事，沒事的。」安芮拍拍她的背，「已經過去了，忘掉吧。」

「我也想忘掉啊，但畫面太清晰了……」

「欸，不過我很好奇，那個肇事駕駛為什麼沒有被判刑啊？」

鄭延熙懵了懵，問：「妳是說剛剛的肇事駕駛還是我爸媽那場？」

看在她飽受驚嚇，仍然驚魂未定的份上，安芮多少收斂了脾氣，要是平常鄭延熙兩光，她還不罵她幾句？

「妳爸媽。」

「喔……對方是財團，也不是說不判刑，」鄭延熙皺眉，閉上眼睛，緩緩說道：「我們只是被要求和解。」

「幹嘛和解？他不是酒駕嗎？」安芮不敢置信地說，「酒駕最可惡了，最好關到死。」

鄭延熙搖搖頭，「我們當然也不願意，但那時候我年紀還小，只聽說是被強迫和解的。妳也知道，很多有錢人的生活真不是我們想像的那樣單純啊。」

安芮氣壞了，事隔多年，鄭延熙心裡還存在著那場事故的陰影，然而肇事者卻逍遙法外，天理何在？她真想替鄭延熙報仇。

蔡慶元啊蔡慶元……

＊

鄭延熙一邊起床，一邊在心裡默念這個名字。

鄭延熙聽說過一種說法：如果要確認自己的心意，就先跟對方分開一段時間，若到那時還有感覺，那就不是錯覺了。

當你發現自己喜歡上、愛上一個人，那大多是在兩個人分別的時候。膩在一塊兒的時候沒有察覺到，等到分開一陣子，甚至很久很久了，才發現自己已經在不知不覺中，把心交給了對方。從此之後，喜怒哀樂，都與他有關。

她右手貼在胸口上，叼著牙刷，對著鏡子發呆。

「天啊，鄭延熙，妳不會是真的喜歡上他了吧……」她十分認真地看著鏡子裡的自己，也不曉得這句話是問句，還是肯定句。

「就算喜歡上了又怎樣？喜歡就喜歡唄！」

鄭延熙的自言自語告一段落，她收拾好書包，上學去。

一開門，就看到蔡慶元倚在摩托車旁，瞠圓眼，無法相信鄭延熙十一點出門上學的道理。

「鄭延熙，現在都幾點了！」

「你、你怎麼突然又來接我了？」鄭延熙愣在原地。她也想知道蔡慶元從七點等到十一點的道理是什麼。

「社團的事情處理完啦，有時間就來接妳。」他從後車廂拿出安全帽給鄭延熙，「妳真的越來越誇張，這個時間去上課是幾個意思？」蔡慶元像個老媽子叨念起她來。

「我醒來就這個時間了啊，沒辦法。」鄭延熙聳聳肩，調皮的吐了吐舌頭。

蔡慶元一路上幾乎是用飛的，他說高三生最可貴的無非是時間。

「以後不許這麼晚上學。」蔡慶元千叮嚀、萬囑咐。

鄭延熙心裡奇怪，「為什麼啊？」她摘下安全帽，不解道：「反正老師現在都在複習以前教過的啊，我有自己的複習進度。」說完，她不忘拍拍胸脯，露出「沒問題，都包在我身上」的表情。

「自己複習也不會好過老師安排，老師是帶過好幾屆高三生的，他們知道怎樣複習最有效率。總之妳乖乖上學就對了，不要再遲到了。」

「……憑什麼啊？」鄭延熙盯著校門前的柏油地面，被大太陽曝曬的熱氣直向上蒸騰。

「什麼？」蔡慶元也不知道是真沒聽清，還是在質問鄭延熙。

「我是說，你為什麼要管我？」

「我是為妳好，身為學生就該好好學習！」蔡慶元語氣加重。

鄭延熙心頭震了一下，忽然覺得委屈，鼻頭一酸，眼淚蓄滿眼眶。

「你又不是我的誰，就別老是把自己定位在那個位置。」她沒有真的哭出來，但越說就越覺得難受，「我真的很討厭我們這種模糊不清的關係……蔡慶元，我討厭曖昧。」

蔡慶元心底深處彷彿有什麼東西被悄悄打開，他想起過去和趙央發生的爭執，想起自己逞口舌之快導致的結果。他不願再重蹈覆轍。

他望著鄭延熙轉身離去的背影，明明是那麼纖細的一個女孩子，卻以十足的勇氣堅強的度過失戀。

蔡慶元知道自己早已被鄭延熙這般特殊的魅力給吸引了，但他不確定那就是愛情。

他反問自己：為什麼看著鄭延熙受傷欲哭的模樣會這麼難受？

「鄭延熙！」他下意識大吼。

鄭延熙不知是真沒聽見，還是假裝沒聽見，沒有要停下腳步的意思。

我說梁靜茹是給這孩子勇氣了吧？今天是吃錯藥嗎？還真是反抗到底耶。蔡慶元心想，竟忍不住微微揚起唇角。

「我們在一起吧！」

不顧周遭經過的人群，蔡慶元直接在車來人往的校門口對鄭延熙大喊。

「以後妳的事就是我的事，妳難過我也會難過，所以不要哭。還有，我願意試試看，我願意再相信一次愛情，只要那個人是妳！」

鄭延熙回過頭，蔡慶元站在校門外，與她四目相接。她的心臟飛快的跳動，快到要喘不過氣來。她好開心，因為對方心裡也是這麼想的，蔡慶元願意去闖，因為她，因為那個人是她，是鄭延熙。

只可惜蔡慶元這段觸人心弦的世紀大告白在教官出現後宣告結束。

*

安芮吃完午餐，正與徐書煒談話。

鄭延熙從教室窗戶望出去，看他們兩人的表情同樣嚴肅，便十分識相的不去打擾他們了。

真是的，十七歲的愛情有這麼複雜嗎？需要這樣「談判」？鄭延熙無奈地搖搖頭，從書桌底下拿出講義寫題目。

「學姐學姐！」徐善恩突然出現在窗外。

「啊，善恩。怎麼了嗎？」鄭延熙停下演算習題的筆。

「不好意思吵到妳讀書，」徐善恩眼底溢滿愧疚，「那個，上次剪的那個愛心，可能要再麻煩妳再幫忙多剪幾個了。」

「要這麼多啊？上次剪很多了耶。」

「對，但是我今天去學生會辦的時候，發現我們剪的那些愛心都不見了……」

「蛤？」鄭延熙從座位上跳起來，「怎麼會這樣？妳確定妳有拿去學生會辦公室放嗎？」

「有有有！我真的有！」面對鄭延熙的質疑，徐善恩緊張得趕緊澄清。「那天學姊你和朋友離開之後，我又多留了半小時左右，就差不多完成到需要的數量了，所以把東西收進大袋子裡，拿回學生會辦公室，放在儲藏室裡面。」

「那怎麼會不見……」鄭延熙不解。

就徐善恩的說法，那天她和安芮離開之後的後續都再正常不過了。況且徐善恩沒理由說謊啊，畢竟東西不見了，是他們兩個人的事。

實在是沒有其他辦法，糖葫蘆節在即，也沒有時間追究是誰的責任。鄭延熙只好點頭答應重頭再來。

「會不會是被當成垃圾丟掉啊？」午餐時間，安芮和鄭延熙來到學校後面的綠地吃飯。

「不會吧……」鄭延熙皺眉，「我記得善恩準備的袋子是透明的，而且還在上面寫了大大的『美宣用』三個字，應該不會被當成垃圾丟掉才對。」

安芮扒了一口炒飯進嘴裡，含糊不清地說：「那就是被整了。」
「要是是真的，」鄭延熙皮笑肉不笑，順便掄起拳頭，「我會火大。」
「妳幹嘛這樣？好邪惡。」徐書煒不知道從哪裡冒出來，一臉嫌棄的說。
鄭延熙看看他，又看看安芮，然後又看了看徐書煒，再看看安芮——這兩人今天早上不是還很嚴肅地在討論事情嗎？怎麼現在又若無其事地待在同一個空間？鄭延熙實在是愈看愈不懂。
安芮被鄭延熙看到有些惱火，於是朝她使了個眼色，意思大抵是「妳給我安分點」。
好不容易把徐書煒打發走，鄭延熙按捺不住好奇心，炙熱的目光燃燒著安芮的耐心，最後安芮才終於投降——
「我讓他追我。」
「啊啊啊啊啊！」鄭延熙既興奮又驚訝的大聲尖叫。
「靠北，閉嘴啦。」安芮作勢要打她。
鄭延熙坐直了身，一本正經地開始採訪：「突然改變想法的原因是？」
「走開啦！」安芮撥開鄭延熙遞到眼前的拳頭。
安芮看起來心情並不差，那就好了。鄭延熙心想。
人類再怎麼樣都是善變的動物，十七歲的想法跟二十七歲的觀念要維持一樣的機率太低了，安芮從以前到現在都秉持著「單身主義」，而今卻突然同意讓徐書煒追求自己，證實了這點。總之，安芮想開了，真好。
這時，鄭東禹忽然打開正延熙房門。

「姊，樓下有人。」鄭東禹喬了喬書包肩帶。

「是誰？認識嗎？那個人奇怪嗎？長怎樣？要不要報警？」鄭延熙神經緊繃起來，連珠炮似的問。

鄭東禹傻眼，「是一個自稱妳男朋友的人。」

……蔡慶元？

鄭延熙一下子紅了臉，覺得渾身熱得不對勁。

「去去去，姊姊換個衣服就下去，小孩子別管這麼多。」

「自作多情。」說完，鄭東與帥氣離去。

鄭延熙飛奔到樓下，一打開門，就看到蔡慶元站在那裡，距離她不到三步的地方。

「這、這個時間你有什麼事情嗎？」鄭延熙用食指摳了摳臉頰，那個嬌羞樣啊，連路過的阿婆都覺得欠揍。

但俗話說「情人眼裡出西施」，蔡慶元覺得可愛就好。

「我就想來看看我女朋友不行嗎？」

「行了，早上被教官訓得還不夠嗎？」鄭延熙笑道。

「我跟教官還不熟麼？」

「少得意了你，我跟教官也很熟。」鄭延熙扮了個鬼臉。

蔡慶元失笑：「我的天，這實在不是件值得拿出來說嘴的事情啊……」

「好啦，我知道了，不說了不說了。」

「延熙，聽話，以後不要總是遲到，好嗎？」蔡慶元抿了抿唇，「雖然我沒有辦法替妳做決定，而且妳看起來也不是那麼在乎那些警告，但『遲到』不能變成一種習慣，妳不能把它當成理所當然。」

鄭延熙知道蔡慶元在說這些話之前，肯定在心裡頭琢磨了好久，想著要怎麼講才不會傷到她的自尊，考慮要不要說、要怎麼說。

他的心意，鄭延熙都收到了，也決定全部接受。

鄭延熙點點頭，「知道了，以後不遲到。」她偏頭想了想，朝蔡慶元嫣然一笑，道：「可是我需要有人叫我起床。」

蔡慶元也跟著笑了，鄭延熙第一次看他這麼對她笑。他的眼神在月光下變得鬆軟，鄭延熙的心像一球草莓冰淇淋在熱騰騰的舒芙蕾上融化。

鄭延熙打了個呵欠，含糊不清的說：「好睏。」

「抱歉這麼晚還來找妳，快進去吧，早點睡，明早七點叫妳起床……」蔡慶元揉揉她的頭髮，笑起來，「但我會從六點半開始打電話，不然某人又要越睡越香了。」語畢，蔡慶元跨上摩托車，戴上安全帽，發動引擎。

……就這樣？

抱抱呢？晚安吻呢？以前張中奕送她回家時，都會依依不捨地不讓她離開的。

鄭延熙正沮喪著沒有少女漫畫裡面男女正值熱戀期的浪漫情節，蔡慶元已經下車，輕輕將她擁入懷中。

他摸摸她的後腦杓，然後在她耳邊用極輕柔的聲音，說：「晚安。」接著又坐回自己的車上，這下是真的走了。

鄭延熙愣在原地，過了片刻才知道要害羞。

果然是談過戀愛的男人啊！

＊

早自習之前，鄭延熙一邊吃蛋餅，一邊跟安芮說了她和蔡慶元在一起的事。

「喔。」

「喂喂，妳這什麼冷漠的反應啦！妳最親愛的好姊妹談戀愛了啦！發表一下感想啊！」

「……我要發表什麼感想？」安芮特別無言，奇怪了，談戀愛的人是妳，又不是我，我要發表什麼感想？

「像是妳覺得我們在一起好不好啊、或是妳認為我這樣做是對的還是不對、會不會太快之類的……」

安芮咬了一口薯餅蛋土司，認真道：「鄭延熙，妳只要好好談戀愛就好了，如果妳覺得好，那我便好，不管怎樣我都支持妳。」

鄭延熙被安芮這番話亂感動一把的，假裝拭淚，哽咽地說：「安芮……謝謝妳這麼愛我，我就知道妳最愛我了，嗚嗚嗚。」

安芮道也很配合地拍拍她的肩膀，「不要愛上姐，姐是愛情的騙子。」

……

好吧，不得不說，鄭延熙其實挺開心的。安芮前陣子還因為與徐書煒的事情，心情差得不得了，但現在卻能和她輕鬆的聊聊天、開玩笑，身為安芮的朋友，鄭延熙心中的大石頭總算暫時放下了。

她真心覺得現在的一切都很美好，她在剛剛好的時間碰上許多好事，由衷感到感激。

至少在此刻，鄭延熙是這麼認為的。

▶ 我們總是能夠輕易地看見別人的感情，卻無法看清自己的。

第五章

人在談戀愛的時候會忘了時間，那分手之後……時間會不會替我們忘了那段愛情？

「妳今天又要留下來做這些啊？」

鄭延熙剪紙技術愈來愈好，可謂熟能生巧，原先剪顆愛心都能剪得歪七扭八，而現在那完美的弧度啊，真是賞心悅目。

「其他高二的學弟妹都已經做好了，剩下我這些了，他們剛才有來幫忙。」鄭延熙將幾張愛心集中在一塊兒，貼在牙籤上，再黏到一張大海報的正中央。

「我也來幫忙吧！」安芮一屁股坐在鄭延熙對面。「妳等等有事嗎？沒事的話我們一起去吃晚飯吧。」

「啊，我等等要去找徐善恩。」鄭延熙搔搔頭。

「行啊，我陪妳去。」安芮想了想，又說：「順便問她要不要調閱學生會辦外面的監視器。」

鄭延熙嘆了口氣，「不用了啦，都已經快做完了，過去就過去了吧，事情都已經發生了。」

「妳就這麼算了？」

「就算是真的有人故意扔掉，那又怎樣？我們能怎麼辦？對方有千百個理由可以解釋那麼做的原因，我們大費周章地去查這件事，最後可能只是白費工夫。」

安芮覺得鄭延熙說得也對，便沒在說什麼。

一切都完成後，她們順路買了車輪餅。鄭延熙選了奶油口味，甜甜的，綿綿的，吃了心頭都跟著車輪餅的熱度暖起來。

「吃來吃去還是蘿蔔絲的最好吃啊。」安芮將最後一口塞入嘴裡，忍不住讚嘆道。

「奶油的，奶油的比較好吃。」鄭延熙不像安芮那樣大口大口豪邁的吃，這麼好吃的食物，她捨不得這麼快就吃完它。

鄭延熙和安芮在一棟華麗的獨棟別墅前停下。

「抱歉，我們是不是走錯了？」安芮不敢置信。

鄭延熙瞠目結舌，一時半晌說不出話來。她第一次看到這麼美麗的房子，房子周圍四個角各種了一棵樹，鄭延熙認得那樹的種類，春天時會結上粉橘色的果實，隨風飄落到地上。是台灣欒樹。

重點來了，距離家門約莫七步的距離，有一座露天游泳池，泳池不算小，中間有一條透明的走道。泳池旁邊有幾張躺椅和大把陽傘，給人曬日光浴或休息吃東西的。

鄭延熙，十七歲，生平第一次親眼一睹何謂「城堡」。

他們透過鐵門望進去，房子有三層樓，只有三樓的某扇窗子裡頭亮著光。

鄭延熙捺下電鈴，對講機很快的被接起，是一位中年婦女的聲音。

「您好，我是鄭延熙，徐善恩學校的學姐，有些學生會的事情想找她討論，不知道現在方不方便？」

「替您轉達一下小姐。」對方說完，對講機就「喀」的一聲掛掉了。

「哇塞，他們家的事業肯定做得比我家的還大。」安芮搖搖頭，再一次讚嘆這棟建築物。

不久，門被一位警衛打開。「歡迎歡迎，好久沒見到我們家小姐邀請朋友來玩了呢！」

鄭延熙露出尷尬又不失禮貌的微笑，心裡暗暗吐槽：玩你個大頭。

安芮說她到附近晃晃，要走了再打給她。

「妳不進來啊？」

安芮聳肩，「我又不認識她。」

鄭延熙隨著一位中年婦女爬了三層樓梯，來到徐善恩的房門前。

她舉起右手輕輕敲了門板兩下後，壓下門把。

「嗨，學姐。」徐善恩爽朗的向她打招呼。

鄭延熙默默的拉了張椅子到徐善恩的床邊坐下。

「這袋我跟其他學弟妹今天剪好的，我有多剪一些，以防萬一。」她將裝滿愛心的大塑膠袋放在徐善恩的床邊。接著鄭延熙拿出一個紙袋，裡面裝著兩個車輪餅，一個是奶油口味，另一個是紅豆口味。

「不知道妳喜歡吃哪種口味，我兩種都買了，蘿蔔絲的賣完了。」鄭延熙頓了頓，補充道：「最後一個被我朋友買走。」

徐善恩嘴角漾開一抹笑，「我什麼都吃。」說完便吃起來。

「學姐，這車輪餅真好吃，哪裡買的啊？」徐善恩打破沉默。「奶油的甜度剛剛好，餡兒也不會太多，我超討厭那種什麼……爆漿的，吃得手啊臉啊都是，多狼狽啊！」

「喜歡吃的話我下次再帶妳去買。」鄭延熙好半晌才吐出這麼一句話。

「學姊，妳是不是還是想知道那些愛心跑去哪兒了？」徐善恩問得很慢很慢。

鄭延熙連忙搖頭，「沒有，我知道跟妳沒關係。」

「可能跟我有關係。」

「……什麼意思？」

「愛心不見可能跟我有關係，但確實不是我所為。」徐善恩微微一笑，一字一句說得非常清楚：「但是學姊，我希望不論是妳，或是妳的朋友，都不要再查是誰做的了。」

她心情沉重的走出這棟宛如童話世界裡的美麗城堡，耳邊還迴盪著徐善恩最後說的那句「下次再來玩」。

她們沒有聊得太深入，後來的時間大多是徐善恩在分享她在學校的生活，偶爾抱怨考試太多、老師囉嗦、班上男生每天像猴子似的又吵又愛到處蹦蹦跳跳。

鄭延熙不確定這是正常的對話，畢竟在她看來，徐善恩的滔滔不絕宛如欲蓋彌彰一般，是用來遮掩受傷的心的小手段。

她們沒那麼熟，徐善恩自然沒必要對鄭延熙敞開心扉。

「快吃快吃。」安芮從自己的盤子裡切了三分之一的雞排給鄭延熙。

「這樣妳吃什麼啊？」鄭延熙雖然很餓，也打從心底決定把安芮分她的那塊雞排送入肚裡，但她還是有良心的，所以摸著良心問了句。

「妳看起來精神不太好啊，鄭延熙小朋友。」安芮一臉看到流浪狗的表情，接著又笑嘻嘻地指著自己盤裡說：「我還有燉飯啦。」

鄭延熙偶爾會想，如果她的身邊沒有像安芮這樣那麼了解自己的朋友，現在的她會是什麼樣子？人很矛盾，有時會說自己「不需要朋友」、「一個人就夠了」、「交朋友太麻煩」之類的話，但在寂寞的時候，甚至是受傷的時候，最需要的卻是有個朋友陪在身旁。

朋友從來就不是用來應付的，也不需要應付。朋友是自然而然，你好我也好的那種輕鬆自在的關係。

*

考完模擬考，接下來迎接的便是江義高中的重點節日——糖葫蘆節。今天幾乎所有女生都化了妝來學校。

難說嘛，搞不好會被告白呢！

當全校師生歡天喜地的排隊去領糖葫蘆時，鄭延熙窩在教室位子上，非常認真的寫歷史習題。糖葫蘆節之後就是校慶，校慶結束後就是段考了，之前她上課又是遲到又是曠課的，這下總算嘗到臨時抱佛腳，佛腳卻不給你抱的真滋味兒了。

「鄭延熙，妳還不快走，到時候糖葫蘆被領完就糟了！」徐書煒匆匆忙忙地收拾桌面。徐書煒有個個人的小小堅持，那就是人不在座位上時，桌面要清空。

鄭延熙由衷認為他小學時一定被班導師給澈底洗腦了。

「我幹嘛去？今天沒我的局。」鄭延熙伸了懶腰，仍舊沒有要下去領糖葫蘆的意思。

「再不領就要被領光光了耶！有些人真的很討厭，一直重複排隊領，有的還是自己嘴饞吃的，受不了。」

鄭延熙翻了記白眼，「……我說班長大人，我不去，我不去我不去！我沒有要跟別人告白，也不希望別人跟我告白。安芮沒那麼喜歡吃糖，尤其是會黏牙的那種，所以我更沒理由送她。」她深吸一口氣，非常認真、鄭重地對徐書煒說：「滾。」

「啊，鄭延熙，原來妳在這裡啊！」安芮忽然出現在教室門口。她氣喘吁吁地說：「我還以為妳會下去玩呢！」

鄭延熙搖搖頭，指了指桌上的歷史題本，然後又朝徐書煒抬了抬下巴，「快點把那傢伙拎走，吵死了。」

安芮比了個OK手勢，把徐書煒給踐出教室了。

好姊妹終於用功念書了，安芮心頭那份感動啊，好像鳥媽媽看到孩子終於會飛一樣……

當鄭延熙訂正完錯的題目，正要拿出古文三十篇時，頭頂被覆上一掌溫熱。

她嚇了一跳，扭頭一看，竟然是蔡慶元。

「你、你怎麼會在這裡？」

聞言，蔡慶元用食指推了一下她額頭，「怎麼妳每次見到我第一句話都是這個啊？沒有別的了嗎？」

鄭延熙嘿嘿笑，誰叫他每次都在她意想不到的時候出現。

「不過……蔡慶元，你怎麼穿我們學校衣服啊？」

「這樣就可以光明正大走進學校啊，上次被教官抓到多尷尬啊。」他抓了抓後腦勺，有些氣惱的說。

「你是來過糖葫蘆節的喔？」鄭延熙將國文講義收起來，「很可惜，我不打算過糖葫蘆節。」

「不要緊啊，我剛剛去領了一串給妳，妳就意思意思吃點吧。」

鄭延熙接過蔡慶元手中的那串糖葫蘆，定睛一看，是蘋果的。

忽然有位班上同學跑回教室，認出蔡慶元是上上屆的熱音社社長，愣了一下，接著開啟八卦雷達，露出曖昧笑容問：「唉呦呦，社長！你們兩個該不會——」

鄭延熙開心極了。自從和蔡慶元交往之後，她自個兒幻想了好幾種被其他人發現他們在一起的畫面，也許是某天放學去散步時，也許是假日約會時……

「沒有的事，我是來學校找以前的老師聊聊天。」

砰！

像是有人往鄭延熙的胸口重重搗了一拳，搗出莫名的酸楚。

「少來了啦，那鄭延熙手上那是什麼？」

「這是……」

「剛剛老師給我的，我不喜歡吃甜食，就給學妹了。」蔡慶元打斷鄭延熙，逕自編了段故事。

鄭延熙彷彿能夠感覺到心臟流淌出酸酸的東西，她不知道那是什麼，只知道現在的自己非常難受。

蔡慶元……

你跟我談戀愛，難道就這麼不值得一提嗎？不值得到需要你不斷用謊言去掩蓋事實，不值得到你寧可說謊，也不願向別人坦承我們的關係……難道有不值得到這種程度嗎？

「延熙，妳聽我解釋。」

「有什麼好解釋的？跟我在一起很丟臉嗎？」鄭延熙淚腺一酸，眼球脹痛起來。她蹲在樓梯上，忍不住委屈得哭起來。

「不是，真的不是。」蔡慶元走近她，「因為妳才剛剛跟張中奕分手沒多久，我不想讓別人誤會。」

鄭延熙真希望是自己聽錯了。

「誤會你還是誤會我？是誤會我劈腿，還是誤會是你介入我跟張中奕害我們分手？」

你是在乎自己，還是在乎我？鄭延熙心裡忍不住那麼想。

「都是。」

「所以我們以後都要這樣嗎？談這種躲躲藏藏的戀愛？」

蔡慶元四處張望，確定周遭沒有人後，才輕輕抱住鄭延熙。

「等過了段時間，過了段時間之後，也許等妳考完學測，我們就公開，好嗎？嗯？別生氣了，別哭別哭。」

「……」

「妳知道蘋果糖葫蘆代表的含意是什麼嗎？」

鄭延熙搖搖頭。

蔡慶元大手撫上她的臉頰，大拇指在她臉上來回摩娑。「代表『平凡的愛』。」他嘴邊泛起清淺笑意，「我希望我們的感情平凡就好，不需要高調，簡簡單單的就好。」

「……嗯。」鄭延熙已經沒有力氣再說什麼了，她好累。

而她也不想跟蔡慶元吵架，她口才本來就不好，而蔡慶元又是一個那麼會說話的人，跟他吵根本是自不量力。

蔡慶元原本面對鄭延熙咄咄逼人的質問又愛理不理的態度，越來越耐不住性子，他討厭別人對他發脾氣，簡單來說，蔡慶元是個徹頭徹尾的大男人主義。但是當他準備要把腦袋裡瘋狂竄出的更傷人的話說出口時，他想到以前她與趙央就是這麼分手的。

誰也不讓誰，於是兩敗俱傷。

他不想要重蹈覆轍，所以這次，他放低態度，選擇在爭吵中扮演退讓的角色。

只要不多說，就不會說錯話，就不會引起紛爭了。

對吧？

下午兩點到三點是全校大掃除。糖葫蘆節過後的垃圾量實在不容小覷，雖然學生會一再宣導「不要隨地丟垃圾」、「丟垃圾要記得做好分類」、「地球是美麗的家」，連教官也站在司令台上慷慨激昂的說「校園環境需要大家共同維護」之類的話，但學生嘛！大家都在一個興奮過頭就會拋下一切的豁達年紀嘛！管他什麼垃圾桶在哪裡，整個城市都是我的垃圾桶。

鄭延熙一邊撿垃圾，一邊抱怨道：「我又沒有過什麼糖葫蘆節，幹嘛連我也要打掃啊！」

「活該，妳沒過是妳吃虧，今年糖葫蘆做得比去年好吃太多了，不知道是不是換了家店合作。」安芮拿著拖把跟在鄭延熙後頭，鄭延熙撿過垃圾的地方，她就用拖把意思意思晃一下。

「妳不是不愛吃甜的嗎？誰送妳的啊？」

安芮轉了轉眼珠子，「徐書煒。」

忽然一個身影竄到眼前，「欸，鄭延熙，妳跟社長真的沒有在交往喔？」

到底是有多八卦？鄭延熙囧。

「八卦是身為學測生的調劑品啦！所以是嗎？是嗎？」同學眼睛閃閃發亮。

「學長來找過妳？」安芮皺起眉頭。

鄭延熙壓了壓太陽穴，「對，蔡慶元來找過我。」

當安芮與眼前的同學一齊露出比糖葫蘆還要甜的表情時，鄭延熙再次開口：「但是我們沒有在交往。」

＊

鄭東禹盤腿坐在沙發上，看著自己的姊姊正在大掃除——快要把整個家裡翻過來的那種。他心裡堆滿了困惑。

今天鄭東禹比較早到家，一到家他就躺在沙發上背單字，原因無他，段考將近，他一向非常注重自己的學業成績，絕不允許自己掉出校排前三名之外。

一直到鄭延熙回家，鄭東禹想問她今天要不要一起出去吃飯，但鄭延熙渾身散發的低氣壓使鄭東禹錯愕了老半天，才回過神來。

鄭延熙回房間換好居家服後，開始她的大掃除。

「姊，已經七點了耶，我們不吃晚餐嗎？」過了一個小時之後，鄭東禹忍不住問。

「啊？」鄭延熙猛地抬頭，頭髮散亂，遮住半張臉，可結結實實地把鄭東禹給嚇著。

「我餓了。」

「剛剛不是吃過了？」

「……如果吃灰塵算的話。」鄭東禹舉起右手在眼前揮了揮，接著打了個響亮的噴嚏。

鄭延熙愣了好一會兒，才大夢初醒般驚嘆：「對耶！我們還沒吃。」她一邊把雞毛撢子放回雜物櫃，一邊問：「叫外送吧？」

「不要，外送還要多收錢，多不划算，我們兩個人吃不了太多，也湊不到那個免外送費的底價。」

「不然你要吃什麼？」

「蔥抓餅？」

「吃什麼蔥抓餅，你不想長個子了嗎？」

最後他們姐弟倆一同到附近的臭臭鍋解決晚餐。

這家臭臭鍋店面乾淨，東西擺放整齊，鄭延熙和鄭東禹都很喜歡，雖然蟑螂老鼠一定有，畢竟這條街上都賣吃的，但至少不會一踏入店裡，心中就浮現老鼠的影子。

……實在不曉得怎麼形容那種心理狀態，所以我們跳過。

比起一般火鍋，鄭延熙比較喜歡吃臭臭鍋，原因是「不需要自己煮」。

「妳真的很懶。」鄭東禹鄙夷她。

鄭延熙今兒心情不怎麼好，所以對他這番挖苦很無感。她埋頭狂吃，要不是剛才鄭東禹提醒她吃飯，她還真的忘記自己沒吃晚餐這回事。

「喂，妳幹嘛？」

「沒幹嘛，吃你的飯。」鄭延熙順眼不順的看了他一眼。

啊啊，這人現在是心情不好遷怒於他嗎？

太過分了吧！

好在遷怒他的對象是自己的姊姊，鄭東禹這口氣還算嚥得下，要是平時有人敢這麼對他，他絕對跟對方沒完。

「太燙了，等等再吃。」

「喔。」

一個人心情好與不好是很容易判斷的，只要他的行為異於過往，那麼肯定是發生了甚麼。

鄭東禹不發一語地盯著鄭延熙，鄭延熙終於被看得不耐煩了，嘆了一口很長很深的氣，眼淚跟著掉下來。

「妳哭了？等、等等，妳現在是哭了？」鄭東禹手足無措，慌張地找衛生紙。

「鄭東禹……嗚嗚嗚嗚……」

鄭延熙也不知道為什麼會在自己的弟弟面前哭，這是她長大以來頭一次。

自從她意識到自己必須當個「姊姊」，承擔起身為姊姊的責任照顧弟弟的那刻起，她就再也沒有當著鄭東禹的面掉過一滴眼淚。她不想讓他覺得不安，所以她要更堅強、更勇敢，在所有痛苦來臨之前站在鄭東禹前面，替他擋下每一場風雨交加。

「妳幹嘛哭啦！越哭越醜喔……喂！不要揉！」見鄭延熙伸手揉眼睛，鄭東禹大驚失色。

結果鄭延熙被鄭東禹這麼一吼，哭得更厲害。

鄭東禹慌了陣腳，非常著急。他沒見過鄭延熙哭，一時不知道怎麼安慰她。應該說，他從沒安慰過人，所以根本不知道安慰人的方法。

然後鄭東禹的腦袋開始瘋狂亂轉，「妳、妳知道人的眼皮很薄嗎？雖然眼皮很薄，但皮下血管很多，哭的時候交感神經會……啊都說不要再揉眼睛了！這樣液體會從管壁滲出來，明天眼睛會腫得跟核桃一樣！」他焦急的大吼：「很醜！」

鄭延熙愣了下，吸吸鼻子，「……是不是我太醜所以他才不想承認……嗚哇哇哇——」

鄭東禹一臉生無可戀，悲愴的吃起鍋來。他放棄做自己不擅長的事，先吃飯吧，鄭延熙哭夠了自己就會停。

「喂，妳不吃我吃掉了喔。」等鄭延熙哭完，鄭東禹小心翼翼地說，「我真的會吃掉喔！」

好不容易把鄭延熙「逼吃」完，他們姐弟在回家的路上，走去附近的公園散步。

「妳今天是怎樣啊？」

「親愛的弟弟，你姊姊我談戀愛了。」

「我知道。」

「你怎麼知道？」鄭延熙瞠圓眼，驚訝的問。

鄭東禹無言，有哪個男生會大半夜跑去毫無關係的女生家樓下說要見她？

「所以怎麼回事？他欺負妳？」他睨她一眼。

鄭延熙默不吭聲。

「他真的欺負妳？」鄭東禹的音量變大。

「沒、沒有啦。」鄭延熙急忙否認，「不過，蔡慶元不想對外承認我們的關係，老實說這點我不能理解，我們又不是做了什麼對不起別人的事情，兩個人都是在清清白白的情況下認識彼此，然後交往，有什麼好躲躲藏藏的。」

「唉，所以說啊，幹嘛談戀愛？我看妳上一個還不是挺糟的。」鄭東禹發自內心感嘆道。

鄭延熙打他一記，「喂，別挖我痛處啊！」

「什麼痛處？」鄭東禹不解，皺眉問：「妳還忘不了他？妳該不會還喜歡那個垃圾吧？」

鄭延熙沉默了一下，才淡淡地說：「怎麼可能忘得了，才過多久。」

人在談戀愛的時候會忘了時間，那分手之後……時間會不會替我們忘了那段愛情？

鄭東禹深深嘆了口氣，道：「姊，妳自己都還沒有把自己的心全部交出去的勇氣，怎麼可以要求別人把一切都交給妳？」

……

是啊！

鄭東禹這番話話宛如當頭棒喝，鄭延熙瞬間醒了過來，心理面糾結了幾百回的心事終於解開。

「我們東禹變得好感性，你真的是我的弟弟嗎？」

「啊啊喂！不要捏我臉！」

「哈哈哈哈！」

都會變好的。

所有的不諒解，以及那些我們都還在慢慢摸索學習的，都會隨著時間，被帶往正確的方向。

*

「各位同學，今天早自習考的數學複習小考，大家成績都不是很好。」數學老師站在講台上，大略翻了下小考卷，推了推眼鏡，蹙眉道：「三角函數我們不是花了很多時間教嗎？為什麼還是這種分數？班上四十三個人只有十七個人及格，及格的人數居然不到一半！我們班是自然組欸！聽說文組班有個考了九十五分，只錯了一題！你們到底有沒有在念書啊？腦袋咧？」

啊啊，開始了開始了，數學老師只要一罵人，就會沒完沒了。

校慶前老師換了座位，鄭延熙現在坐在徐書煒旁邊，她覺得挺好的，徐書煒上課常常做一些腦弱的事情，她看了心情倒也愉悅。

高三生活缺乏樂趣，隨便一個白癡的舉動都能哈哈大笑，很好滿足的。

例如現在吧，徐書煒現在正在模仿數學老師罵人。

數學老師右手揮來揮去，徐書煒就跟著在桌子後面揮；數學老師五官皺在一起，徐書煒就擺出扭曲的表情。鄭延熙真擔心他顏面神經失調。

「小熊攻擊，嗶嗶啵啵嗶嗶啵啵嗶啵嗶！好，這是好小熊還是壞小熊？」

「壞小熊？」

「答錯了，是好小熊。」徐書煒得意洋洋地抬高下巴。

「阿不都一樣！」安芮惱羞。

考完段考的下課，班上一群人圍在他位子上，看他跟安芮玩「小熊攻擊」。

小熊攻擊是一種遊戲，這需要觀察力夠敏銳才會懂，一旦懂了就通了。

徐書煒伸出食指和中指，一邊在左手手腕上前後拍打，一邊跟著節奏念道：「小熊攻擊，嗶嗶啵啵嗶嗶啵啵嗶啵嗶，『好』，這是好小熊。」

鄭延熙忍不住「噗哧」一笑，徐書煒把關鍵強調得太明顯了吧！

「小熊攻擊，嗶嗶啵啵嗶嗶啵啵嗶啵嗶，這是壞小熊。」徐書煒出講完，開始出題目：「小熊攻擊，嗶嗶啵啵嗶嗶啵啵嗶啵嗶！『好』，這是好小熊還是壞小熊？」

「人生好難。」安芮自暴自棄的說，「是好小熊嗎？」

「親愛的，妳答對了！」徐書煒假掰的用食指拭淚，「所以妳知道為什麼了嗎？」

「……因為有『好』這個字？規律遊戲？」

「妳好聰明。」徐書煒開心唱道，而其他同學也露出恍然大悟的表情。

安芮鄙夷，「什麼破遊戲，我要去念書了。」

鄭延熙是發自內心覺得這遊戲很有趣的，那是一位康輔社的朋友教她玩的，她當初也是跟安芮一樣完全看不懂，但很多事情都是這樣子的，久了，就什麼都知道了。

突然一陣哄堂大笑，回頭，那群男生又開始玩類似小熊攻擊的遊戲了。

唉，高三啊。

下午考完國文，鄭延熙交了卷，拿著保溫杯出去裝水。

當她感嘆今天每堂課都在考試時，有人點了點她的肩膀。

「啊，安芮。」

她倆沒打算進教室，於是到走廊前面的空地，俯瞰整片操場。

安芮臉色不大好，不是身體不舒服的那種不好，而是心情不好。

「妳該不會是在生徐書煒的氣吧？」難道早上的小熊攻擊遊戲真的讓她那麼備受打擊嗎？

安芮白她一眼，「怎麼可能，我有那麼不可理喻嗎？」她把水壺裡剩下的水一口氣灌完。「以前我還覺得自己跟徐書煒相處得還算好，就是……我可以把他當朋友，自在的聊天鬥嘴，可如今多了這層關係，我發現我好像沒辦法像以前那樣這麼自然的面對他。」

安芮說，以前她和徐書煒會一起去補習，有時候晚餐也會一塊兒吃，她覺得跟徐書煒相處起來很輕鬆，因為他沒什麼心機，雖然很白目，卻也是從頭到腳善良的人，跟他一起安芮不需要顧慮太多。

可是，當她知道徐書煒對自己的感情後，她變得沒辦法像以前那樣自然自在的跟他說話、教他功課。

鄭延熙抿唇，她沒什麼立場去評論這件事，或是要求她怎麼做，就像安芮在她分手時，沒有要求鄭延熙，那些都是別人無從插手的事情。

所以鄭延熙只是拍拍她的背，安慰道：「沒事啦。」

「我當然知道，但心裡就是有個疙瘩……」說完，安芮「嘖」了一聲。

「欸不過，妳明明這麼在意，為什麼還要讓他追妳？」

「我上次說過了吧？我欠徐阿姨太多太多人情了。」

「然後呢？就這樣？」鄭延熙挑眉。

安芮扯了扯唇角，兩手一攤，說：「而且，搞不好這樣可以激起徐書煒唸書的鬥志，讓他更奮發向上，不是很好……嗎？」

鄭延熙隨著安芮略顯錯愕的的目光，轉過身，發現徐書煒就站在離他們不遠處。然後，他笑了，轉身離開。

那個笑容鄭延熙認得，那是在嘲笑自己。

「徐書煒，你不要誤會，安芮不是那個意——」

「不用。」安芮拉住鄭延熙，「讓他走吧。」

鄭延熙擔心道：「他會誤會妳。」

「誤會什麼？」安芮微微瞇起眼睛，重新將視線投向操場，「我確實還沒有做好要讓人追的準備。」

啊……

「妳咧？」

「我？」

「妳上次為什麼要否認妳跟學長的關係啊？妳不是才興高采烈的跟我說你們在一起了嗎？」

鄭延熙斂下眸子，「他說再過一段時間。」講到這個，鄭延熙的胸口就隱隱泛疼。

「一段時間？」安芮一臉不解，「妳知道這像什麼嗎？這就跟『下次』一樣，沒有盡頭！」說著說著，她激動起來。

鄭延熙好想哭，她好希望她跟蔡慶元的戀情能夠像跟張中奕的一樣，大大方方的公開，她也想在Instagram上放閃，也想光明正大的手牽手去逛夜市。蔡慶元又不是什麼偶像明星，為什麼限制這麼多？

她被這樣子的想法給嚇到，無意間，自己竟然拿蔡慶元跟張中奕做比較。

「這是你們的愛情，我也不好多說什麼，但是妳很難過吧？」安芮用力拍了拍自己的肩膀，豪邁地說：「來，姊的肩膀給妳靠。」

鄭延熙心裡覺得慶幸又好笑。慶幸的是身邊有安芮，好笑的是，明明她們也很受傷，也很脆弱，卻總是在彼此需要的時候，毫不猶豫的讓出肩膀給對方靠。

*

一轉眼，就來到了校慶。

江義高中的校慶包括運動會和園遊會，都在同一天舉辦。早上園遊會，園遊會結束之後，便是眾所期待的大隊接力比賽了。

其實今年校慶鄭延熙沒什麼感覺，與過往不同，高一高二時還會很期待校慶的，但大概是因為生為學測戰士，生活完全被念書和考試填滿，忽然有一天不用上課、不用考試，她尚未從那樣的狀態抽身。

而且學測還在倒數啊！都還沒考完，跟人家校什麼慶啊！

「妳不下去晃晃嗎？」安芮已經買了一盒香味四溢的章魚燒進教室了。

「妳這麼一說我就餓了。」鄭延熙扁嘴，「妳不會心虛嗎？學測前玩這麼開心不會過意不去嗎？」她誇張地提高音量。

「神經病。」

經過一家賣珍珠奶茶的攤位，安芮說那是她認識的學妹的班，要過去敲她兩杯珍珠奶茶，要鄭延熙在旁邊等她。

鄭延熙無聊得東張西望，看到隔兩個攤子有在賣辣炒年糕的，就興沖沖的跑去排隊。

「妳要吃那個對嗎？我去買，等我喔。」

聽到熟悉的聲音，鄭延熙腦袋還沒轉，頭就先往後轉了。

一轉她就後悔了。

是張中奕。

「呃……」張中奕也嚇到了，只能說冤家路窄，連排隊也能排在前後。

鄭延熙下意識的不搭理他，從口袋抽出錢包裝忙，假裝不認識他，假裝兩人沒有過一段曾經。

心裡一直惦記著蔡慶元，她倒是沒想過會在校慶碰上張中奕，這場面她還沒在腦子裡演練過。

「鄭延熙，能不能別這樣？嗯？」張中奕開口。

「別怎樣？」

拜託，別再說了。

鄭延熙從以前就很怕張中奕這麼對她說話，這樣她會心軟，她會狠不下心對他使性子。

「鄭延熙，雖然我們分手了，但還是可以當朋友的，不是嗎？」張中奕說得很慢很輕。

聞言，鄭延熙忍不住冷笑了下，胸口涼涼的。

張中奕到這種時候，還是那麼自私。劈腿了，要鄭延熙諒解；分手了，還要求當朋友。

他從來就那麼不在乎她的感受嗎？

分手後做朋友，根本是一種慢性自殺。

鄭延熙抿抿唇，深吸一口氣道：「我們結束了，張中奕。不要自以為是，你願意跟我做朋友，我他媽的難道還要感謝你嗎？」她想也沒想的衝口而出。

被張中奕這麼一鬧，鄭延熙也不想排隊買辣炒年糕了，她轉身就往人潮外鑽出去，尋找安芮。

但安芮也已經不在原來的那個攤位了，鄭延熙把手伸進口袋裡，想著也許安芮有打電話或傳訊息給她，告訴她她現在在哪裡。

但她發現了一件很可悲的事。

她手機不見了。

鄭延熙從腳跟涼到背脊，心慌得不知道該怎麼辦，站在原地不知所措的咬緊下唇——現代人沒有手機跟世界末日一樣啊！

什麼時後不見的？在哪裡不見的？

「鄭延熙。」

又是張中奕。

鄭延熙現在心情可糟了，遇到張中奕，手機還弄丟了，這不是衰，那什麼才叫衰？

「你不要煩我！」鄭延熙不耐煩道。

張中奕朝她靠近一步，「這是——」

「叫你走開！」她用力推他一把，沒想到張中奕反應快，先捉住了她的手。

張中奕把一支手機塞進鄭延熙手中，「妳剛剛掉在地上的。」

鄭延熙愣了一會兒，才反應過來，吶吶的說了句「謝謝」。

「那個……鄭延熙，」張中奕沒有放開她的手，反而握得更緊。他誠懇地說：「我們復合吧。」

復合？

鄭延熙以為自己聽錯了，難道張中奕覺得她口中的「分手」，跟以前那種吵架時說的氣話是一樣嗎？

然而，就在此時，她看到蔡慶元站在不遠處，眼睛直直地穿過人群，凝視她。

▶剛開始的戀情就像剛出生的雛，如果藏在密不透風的口袋裡，很快就會失去心跳的。

第六章

究竟我們選擇沉默，是懂得避免爭吵的方法呢？還是害怕爭吵？

鄭延熙頓時腦子一片空白，這樣的場景，任誰看了都會有所誤會吧？況且蔡慶元那麼遠，他根本聽不到他們的談話內容，他不會知道鄭延熙正要義正嚴詞的拒絕張中奕的復合要求，也不會知道此刻的鄭延熙有多心慌。

鄭延熙的目光與蔡慶元交會，人有點多，天氣有點糟，此刻的蔡慶元眼中沒有任何溫度。

一定是跟天氣有關，跟人潮太多有關。

然後，他別開視線，留給鄭延熙一席背影。

她嘆口氣，忽然有人塞了一塊辣炒年糕進她嘴裡，鄭延熙傻了，還以為是張中奕，正想著這人怎麼這麼無理取鬧，抬頭便撞進楊日辰眼底。

「你怎麼——」

「妳該不會又想吃鹹酥雞了吧？」楊日辰瞥見她眼角隱約泛著的水光，一語道破她的心事。

「可惜現在只有辣炒年糕。」

鄭延熙被他們倆人之間的暗語給逗笑，完全忘了旁邊還有個張中奕。

張中奕蹙眉，他放開鄭延熙的手，問：「這又是誰？」

鄭延熙覺得沒有必要替楊日辰回答，於是甩甩被張中奕握得發疼的手，使勁嚼著方才楊日辰送入口的辣炒年糕。偏偏楊日辰又不認為自己有要對張中奕做自我介紹的必要，同樣選擇無視。

張中奕深刻感受到被忽視的邊緣感，惱羞成怒，「鄭延熙，妳自己說，他是誰？」

鄭延熙懵了，干你屁事啊！

可惜張中奕就是覺得干他屁事，就是覺得鄭延熙有必要給他答案。

「他是楊日辰。」鄭延熙撇撇嘴，最後還是慫了。

「是朋友還是——」

「朋友，就只是朋友，我們是前陣子認識的，所以你不認識很正常。」

鄭延熙也不曉得自己為什麼要解釋這麼多，可能她是天生怕被誤會的體質。

「呀！鄭延熙！妳可急死我了，到處都找不……到……」安芮從遠處奔來，看到張中奕和鄭延熙站在一塊兒的瞬間頓住，接著一臉「你在這裡幹嘛」的瞅著張中奕。

「抱歉，我剛剛想去買辣炒年糕。」鄭延熙朝攤位指了指。

「喔，我聽說那班賣的辣炒年糕超辣的。」安芮認真道。她握住鄭延熙的手，把她往自己身邊拉。「走吧，我們找個陰涼處吃，剛剛徐書煒買了超多東西的，既然楊日辰也來了，那就一起去吃吧。」

離開前，安芮不忘回頭瞪張中奕一眼。

不說不知道，安芮瞪人很恐怖的。

鄭延熙一屁股坐在草地上，徐書煒見狀，神經兮兮的拿著手中的野餐布打她。

「多髒啊！快起來！去旁邊拍拍屁股再過來坐！」

「差在哪裡啊，回家還不都要洗。」鄭延熙咕噥。

「差很多好嗎？」徐書煒正經道：「照妳那樣講，妳幹嘛洗澡？反正明天還要洗啊？」

鄭延熙總覺得徐書煒這邏輯好像哪裡怪怪的，但又說不上哪裡不通，便作罷。野餐布是徐書煒的，主人說什麼就什麼。

她走到一邊拍了拍褲子，一些草屑落下，擦過小腿的時候，惹得鄭延熙一陣輕癢。

「還好嗎？」楊日辰來到她身旁問。

「什麼還好？」

「妳前男友。」

鄭延熙聳聳肩，「我真想殺了他。」

「我說這位姑娘，態度從容地說出如此駭人的話可不行啊。」楊日辰笑了起來。「快來吃東西吧，我剛才買了好多。」他拉起鄭延熙的手腕。

鄭延熙給楊日辰拉了一會兒，突然覺得不對，立刻抽回手。動作太大，楊日辰嚇了一跳。

「抱、抱歉，我不是故意的……」鄭延熙說到一半，瞥見一道筆挺身影站在不遠處。感性凌駕於理智之上，她立刻朝那抹身影奔過去。

「蔡慶元！」

蔡慶元原本在和其他朋友聊天，一聽見身後傳來鄭延熙的聲音，先是愣住，接著皺起眉頭，匆匆帶著鄭延熙離開。

「妳這是怎麼了？」蔡慶元一邊說，一邊轉頭張望。

鄭延熙看著蔡慶元，忍著擁抱他的衝動。蔡慶元不安的一舉一動，鄭延熙都看在眼裡——這無疑是種無形的傷害。

「蔡慶元，我要跟你解釋。」她嚥了口口水。

蔡慶元像是知道了什麼似的，深深吐了口氣，站直身體，點點頭，等待鄭延熙的下文。

「剛剛你看到的，張中奕拉……拉住我，我們沒有幹嘛，真的。」鄭延熙清了清喉嚨，「我們只是在排隊的時候遇到，然後——」

「沒關係。」

「嗯？」

「沒關係，我不介意。」蔡慶元沒有看她。

蔡慶元飄忽不定的眼神，讓鄭延熙愈來愈害怕。

「不，我得解釋，這很重要。剛才他是——」

「延熙，」然而蔡慶元再一次打斷她，「我們不要再討論這個話題了。我說過我沒關係，我不介意了，所以我們不要再說這件事情了，好嗎？」

鄭延熙困惑地看著他。生活中有太多因為看圖說故事而造成的誤會了，她不想她與蔡慶元之間也發生同樣的問題。

當初張中奕和另一個女生卿卿我我時，鄭延熙也希望張中奕給她一個解釋，她不要事情就這樣過去，所以嘗試著去解決。但張中奕當下卻不願解釋，讓他們的感情沒有挽留的餘地。

是啊，當然也有可能是鄭延熙自己看圖說故事、腦補劇情，也許張中奕和那個女生真的沒什麼

——所以人才需要解釋啊。

同樣的事情，鄭延熙不想要再讓它發生了。

蔡慶元抿抿唇，又說：「我不想吵架，但是如果我們再講下去，就會吵架。」

再講下去會吵架？

意思是他其實很生氣嗎？

但情況由不得她，鄭延熙只好乖順的點頭答應。

「我先回去了，回頭再打給妳，乖。」

鄭延熙呆呆地望著蔡慶元的背影，一波又一波的失落感襲上心尖，她快要喘不過氣。

究竟我們選擇沉默，是懂得避免爭吵的方法呢？還是害怕爭吵？

鄭延熙回去找安芮和其他人，他們三個人正在打撲克牌。

安芮一見到鄭延熙，把牌扔給徐書煒，把鄭延熙抱個滿懷。

「一整天都在搞失蹤。」她拍拍她的背。

「妳都看到了？」鄭延熙無奈問道。

安芮點點頭，「我們這位置是最佳視野。」

鄭延熙忍不住笑了，「還最佳視野咧，就有妳這種人。」

「喂，好了啦！我們沒空看妳們兩個上演久別重逢的戲碼，快點過來把這場玩完。」徐書煒不耐煩。

鄭延熙坐到楊日辰旁邊，「你們在玩什麼？大老二？」

「接龍啦！」楊日辰白她一眼。「下次不要突然什麼都不說就跑走，我會……我們都會擔心。」
「嗯，知道了。」
「這副牌是妳的。」徐書煒遞給鄭延熙一副牌。
鄭延熙滿頭問號，笑臉盈盈問：「你們都玩了半場了還拿牌給我，我該說你們貼心還是狡猾？」
「貼心，我們可是每場都替妳留牌，等妳回來時就能和我們一塊兒玩呢。」徐書煒得意洋洋的說。
可惜紙包不住火，安芮立刻揭穿他：「你每次沒牌出都跟這副牌換牌，還敢講這麼好聽？」
鄭延熙無奈地笑起來，「還不如玩小熊攻擊咧。」
話才剛說出口，她就後悔了。
安芮跟徐書煒那天不是才吵架嘛……
「早就說開了。」安芮大概練過讀心術，鄭延熙這都還沒開口，她就搶先回答了。
徐書煒則跳過話題，搖搖頭，佯裝嚴肅的說：「小熊攻擊已經被玩爛了，不好玩了。」
雖然差點被徐書煒給騙了，但鄭延熙此刻卻覺得有一股暖流流過心頭。
大家都在用自己的方式，小心翼翼地關心她。

*

接下來的日子，鄭延熙幾乎是把生命奉獻在讀書上頭了。而這陣子蔡慶元也因為打工、期末考等，同樣忙得不可開交，因此兩人見面的機會愈來愈少，只有偶爾講電話、視訊，但時間也不多。

學測迫在眉睫，每當鄭延熙覺得特別累時，心裡就計畫著考完試要和蔡慶元去那兒約會，也對他們兩個關係公開這件事情感到期待。

「姐，楊日辰叫我拿給妳的。」鄭東禹忽然打開房門，提著便當袋進來。

「什麼東西啊？」鄭延熙一面問，一面起身。

鄭東禹聳肩，「鹹酥雞吧，味道超重。」

「哇！真的耶！」

「要吃出來吃，不要在房間養蟑螂。」

「你姐姐我懶得動。」

「對喔，我都忘了，比起蟑螂，妳更喜歡老鼠？」鄭東禹挑眉。

鄭延熙額角瞬間拉下三條黑線，「……我出去。」

睡前和蔡慶元講完電話後，鄭延熙接著打給楊日辰。

「如果是要謝謝我就免了。」這是楊日辰的第一句話。

「那我掛了。」

「喂！回來。」

鄭延熙翻了記白眼，這傢伙怎麼一天到晚回來、回來的叫人啊？真沒禮貌。

「最近念書還好嗎？」楊日辰問。

「還行啊，數學我是打從心底放棄的了，其他科都進步很多。」鄭延熙翻了個身。

楊日辰笑道：「數學不好還念自然組？」

「沒辦法啊，當初看安芮填第三類組，一心只想著不想和她分開，如果都填同個類組，還能碰碰分班運氣。」鄭延熙想起當時得知跟安芮被分到同班時有多開心，嘴角忍不住彎起，「沒想到還真的被分到同個班。」

「這大概就是緣分吧，真好。」

即使是透過電話，鄭延熙還是聽出楊日辰的羨慕裡夾雜著落寞。

「你幹嘛？沒朋友喔？」怕氣氛變得尷尬，鄭延熙覺決定以幽默感化解。

「對，沒有。」楊日辰答得十分爽快。

「把我當什麼了？」鄭延熙嘴角微微彎起，「不管你過去發生什麼事，我都會是你的朋友，心情不好時可以傾訴的朋友。」

楊日辰腦袋空了一秒，「朋友嗎……」

「如果是要謝謝我就免了。」鄭延熙打趣地學他。

「誰要跟妳謝謝啊！」楊日辰頓了頓，「我只是覺得這種話從妳嘴巴說出來特別肉麻。」

鄭延熙哈哈大笑，「我也這麼覺得。」

「那妳……最近跟他怎麼樣了？」楊日辰問得十分小心，像是怕踩到她的某個地雷。

不過倒也沒有什麼地雷能夠讓他踩，鄭延熙跟蔡慶元最近根本是零接觸，通過電話聯繫彼此是能生出個什麼地雷來？

他們就是想鬥嘴，也都沒那個精力。

「蔡慶元啊？」鄭延熙緩而輕的吐出這個名字，想了想道：「我們……都很忙啊，已經有一段時間沒有見面了，我挺想他的，他……」他應該也是像她想他一樣想她吧？

鄭延熙說得很慢很慢，像是錄影帶被放慢，連記憶都成了慢動作。

她想起他倆最近一次見面，就是校慶那天，但那次可以說是不歡而散。可是後來的通話卻再也沒有提起，因此鄭延熙也不曉得蔡慶元到底有沒有誤會她跟張中奕。

想到這裡，鄭延熙覺得累了。

原來感情不是確定了關係，就能從此了無後顧之憂。在一起之前擔心對方對自己沒意思，在一起後害怕失去，不管是哪一個，都讓鄭延熙感到不安。

「早點睡吧，明天還要去學校。」鄭延熙的聲音變得輕飄飄的，接著便沉沉睡去。

楊日辰掛斷電話，重重吐了口氣。

鄭延熙啊……

再也不要說要做我的朋友了，好嗎？

*

模擬考的成績單一發下，鄭延熙澈底無語。

國文前標、英文後標、數學底標、社會後標、自然均標——

這樣的成績，要怎麼證明她是真的很努力念書？

這樣的成績，要怎麼去到她想要的大學？

要怎麼……要怎麼去蔡慶元就讀的那間大學？

她心情實在太糟糕了，已經不想多說話，把成績單對折塞進書包裡，趴下來睡覺。

偏偏徐書煒這時候精神特別好，於是特別吵，完全把鄭延熙給惹毛了。

「要吵就滾出去。」鄭延熙咬牙。「教室內禁止吵鬧，你現在才知道嗎？」

無須多言，大家都知道鄭延熙此刻是危險人物，可遠觀而不可褻玩焉。

徐書煒哆嗦了下，乖乖閉上嘴巴。

人心情不好時，看什麼都不順眼。鄭延熙現在就是看到徐書煒都覺得煩，便拿著水壺出去裝水，其實只是想透透氣。

忽然她的臉頰被某樣東西冰了下。

鄭延熙被突如其來的冰鎮嚇了一大跳，差點叫出聲來。回頭正想破口大罵，發現是安芮，才鬆了口氣。

「妳今天是怎樣？脾氣這麼暴躁。」安芮遞給她草莓牛奶。

「謝謝妳啊，親愛的。」鄭延熙嘆氣，將視線投向操場的跑道。

「最近一直在念書，家裡也很忙，沒什麼時間關心妳。」安芮伸了個懶腰，「怎麼樣？最近還好吧？」

鄭延熙搖搖頭，皺眉應道：「糟透了。」

「哪個方面差透了？」

安芮話中有話，鄭延熙自然是聽明白了。

「各個方面吧。」

「那也沒辦法，人在忙碌的時候情緒控管變差是很正常的。」

「是吧？沒錯吧？」鄭延熙用力點頭以表贊同，「撐過這段時間，一切都會回到正軌上面的……對吧？」

鄭延熙愈說愈小聲，連她自己都不確定，這樣搖擺不定的生活，到底是否真能回到正軌上？有些事情等得起，有些卻是拖越晚，就離越遠，最後就再也抓不到它。

鄭延熙走出校門，突然有點懷念以前站在校門口等著她放學的那道挺拔身影。明明沒有過多久時間，她對蔡慶元的思念卻像是機了五年、十年，隨著眼淚盈滿眼眶。她一把擦掉眼淚，吸了吸鼻子，重重嘆了口氣。

鄭延熙，堅強點，妳現在不能哭，不能哭啊！要是哭了，不就是承認裂痕的存在了嗎？沒有的是，你們好好的，撐過了學測，一切都會慢慢好轉的。她在心裡大聲、用力地給自己精神喊話。

「哎呦喂，怎麼枯了咧？」

「我沒有哭——」

鄭延熙轉身，看到警衛阿伯蹲在地上，撿起黑掉的花瓣，嘴裡發出「嘖嘖嘖」的聲音。

原來那叢花死了。

「那個，警衛伯伯，請問那是什麼花？」

「喔！妳說這個啊？」警衛伯伯將枯尾的花辦放在手心，端詳了一會兒，「好像叫什麼……金……金盞……」

「金盞菊？」

「嘿！對對對！就是金盞菊！」警衛伯伯眉開眼笑。

鄭延熙望著枯萎的金盞菊，心頭湧上一陣莫名的酸澀。

「這金盞菊啊，只要一死掉吼，就會有個女生來補新的幾盆過來，拜託我幫忙照顧啦！你別看他們現在都死光光，開花的時候看起來是一叢一叢的，特別好，特別好！」警衛伯伯愈說愈興奮。

鄭延熙禁不住好奇心，問：「您知道那個女生是誰嗎？」

警衛伯伯仔細想了想，皺眉道：「我也不清楚名字哪，不過以前也是這裡的學生，長得可漂亮了！」

鄭延熙希望是自己多想了。她向警衛伯伯道了聲謝謝，便轉身離開。

「今天也有好好讀書吧？等妳考完試，我也忙完之後，我就載妳出去吹吹風。」蔡慶元在電話另一頭說。

他的聲音很溫柔，像是某種鎮定劑，將鄭延熙一整天下來煩躁的情緒一掃而空。

「我們好久沒見面了啊。」鄭延熙哀號，「好想約會。」

「是啊。」

「倒數不到一個月了，我要趕緊衝刺。」想起這次模擬考的成績，鄭延熙又像顆洩了氣的氣球，咳聲嘆氣。

「乖，就快撐過了。」

「嗯，你也是，你也加油。」

蔡慶元那邊傳來吵雜的聲音，鄭延熙心裡有底，這通電話要結束了。

「延熙，我得去忙了，對——」

「沒關係！」鄭延熙打斷他，她不想聽到他說對不起。「你去忙吧，我也要去念書了啦，我還是個學測戰士呢！哈哈哈。」她乾笑道。

「好，那我先掛了。愛妳。」

「愛你。」

他們已經很久沒有好好講過一次電話了。

鄭延熙盡量和她分享自己的生活，例如徐書煒今天很吵、考試很難、金元寶四號又跑出來了……諸如此類的瑣碎的小事情，她都想告訴他。鄭延熙不希望在這段彼此都很忙碌的日子裡，讓蔡慶元因此無從得知她的生活。她要他參與到她的每分鐘。

可是，時間不允許她說這麼多。

會很多嗎？

通話前她把自己的一天整理了一次，擬好大綱，都想好要說什麼了。

但電話一接通，他們除了互相替對方打氣，沒別的了。而不到五分鐘的時間似乎也只夠他們重複著那句「加油」和「愛你」。

可是，比起「愛你」，鄭延熙更想知道蔡慶元有沒有像她想念他一樣想她。

*

一月的天氣濕冷，時常下雨。

不只是學測迫近，上學期最後一次段考也即將到來。

鄭延熙和楊日辰假日時相約到星巴克念書。他們兩人有個很極端的共通點——讀書環境要嘛非常安靜，要嘛非常吵，不然他們是沒辦法專心進入狀況的。
「啊啊，好累，眼睛好痠。」鄭延熙用力眨了幾下眼睛。
「休息一下吧！我們讀很久了。」楊日辰把原子筆收進筆袋裡頭，「要不要吃點東西？」
「還好，我現在沒有很餓。」
楊日辰拿起鄭延熙的紙杯晃了晃，是空的。於是又問：「那要喝水嗎？」
鄭延熙點點頭，滿是感激，「謝啦！」
楊日辰下樓後，鄭延熙把書闔上，正準備閉目養神時，手機響了。
她迷迷糊糊地按下通話鍵，「喂……」
「妳聲音怎麼這樣？」
「啊……啊？蔡慶元？」鄭延熙猛然驚醒，「怎麼了嗎？」
蔡慶元笑得很無奈，「沒什麼事情，剛下班，正好有空檔，就想聽聽妳的聲音。」
「這樣啊……我剛才在念書，現在在休息，你打來得真是時候。」鄭延熙開心道。一聽到蔡慶元的嗓音，她整個人精神都來了。
「看來我們很有默契。」
「對啊。」
對啊。
接著他倆陷入一片沉默。
不知道過了多久，也許是幾秒，又或許是幾分鐘，鄭延熙終於受不了了。說好聽點是沉默，講白了，就是尷尬。

「那你現在除了跟我講電話，在做什麼啊？啊，你吃過飯了嗎？」

「嗯，剛吃飽，直接在店裡解決的。」蔡慶元想了想，反問：「妳呢？跟誰去念書？」

「我跟楊……咳咳、咳咳咳！」鄭延熙發覺說錯話，刻意咳了幾聲，「我跟安芮還有徐書煒，我們在星巴克。」

「喔，原來如此。」蔡慶元頓了頓，又問：「安芮呢？」

「安、安芮跟徐書煒到樓下買東西吃了！」

鄭延熙回答得又急又大聲，引來其他顧客側目。

她覺得心臟愈跳愈快，腦袋打結。

「鄭延熙，我剛剛看到田園雞肉帕里——」

「徐書煒！你回來了啊！等你等超久的！安芮呢？喔，安芮還在等啊，她買了什麼要等這麼久……」見楊日辰一臉困惑，鄭延熙示意他不要講話，然後又自顧自的說：「抱歉，我晚點再打給你，我超餓的，先吃飯喔。」

「嗯，掰掰。」

等到蔡慶元掛上電話，鄭延熙才鬆了一大口氣。

雖然她心知肚明自己與楊日辰兩人是清清白白的關係，但聽在蔡慶元耳裡，卻不一定是這般純粹。

她不想要蔡慶元誤會她，於是選擇說謊。

鄭延熙不知道，說謊這玩意兒，是會上癮的。

一開始說會感到不安、害怕，然後不知不覺習慣它，最後，就不能沒有它了。

「楊日辰……談戀愛好累啊。」回家途中，鄭延熙緩緩道。
楊日辰側過頭看她，她望著天空，眼神有點悲傷。
「那就不要談啊。」
「說這什麼話。」鄭延熙「嗤」了聲。
「我是說真的，既然兩個人在一起沒辦法為對方帶來安全感，那麼這場戀愛又有什麼繼續下去的理由呢？」
難得楊日辰少了平時的嬉鬧，認真的回答鄭延熙。
「其實我不知道，我跟蔡慶元已經很久沒見了，但我相信我們還是很愛彼此。」鄭延熙抿了抿唇，忽然笑道：「唉呀！反正過了學測，我們就會跟之前一樣了。」
「嗯，妳高興就好。」
「你幹嘛這個態度？」鄭延熙斜睨楊日辰，他一副愛理不理的模樣。
「我什麼態度？」自覺口氣不太好，楊日辰嘆口氣，說：「總之，不管事什麼事情，你都可以跟我講，我會聽。考前不要給自己太多壓力，這樣不好。」
鄭延熙覺得心頭暖暖的，點點頭，「我知道了。」
「對了，妳上次在星巴克……為什麼哭成那樣啊？」楊日辰問。
「我那天跟安芮目睹了一場車禍，」鄭延熙深呼吸一口氣，說：「我爸媽也是車或去世的，那時後我年記還很小，爸媽……我爸媽死在我眼前……」
驚覺自己說錯話，楊日辰趕緊打住，「抱歉抱歉，我不該問的。」

鄭嚴熙搖搖頭，「沒關係。但最讓我痛恨的是，那明明是場酒駕釀成的意外，我們明明是受害者……卻被肇事者強迫和解。」

「妳說……什麼？」

「對方是財閥，我某天偶然聽到他們的人和我小阿姨的談話，好像說什麼……不和他們和解的話，讓我們以後誰都沒辦法生活之類的。」鄭延熙愈說愈生氣，卻又無可奈何。

「那妳記得那個人長什麼樣子嗎？」

「我當然記得！我這輩子都不會忘記！」鄭延熙蹙起眉心。

楊日辰覺得，鄭延熙總是讓人心疼，明明和他差不多的年紀，卻經歷比他更多的傷痛，可即使如此，鄭延熙卻無比堅強。或許，這也是楊日辰被她吸引的其中一個原因吧。

一回到房間，鄭延熙連澡都還沒洗，直接撲向軟綿綿的床。

冬天的夜晚來得很快，才五點多，天空就像是舖上深藍色的天鵝絨，可惜城市光害嚴重，幾乎看不到什麼星星。

今天好累。鄭延熙心想。現在光是望著整片夜空都覺得心神舒暢，整個人輕飄飄的，像是要飛起來。

她突然好想哭，好想大哭。

鄭延熙忍住不要打電話給蔡慶元，她怕她再多聽幾次他的聲音，那怕只是短短一個音節，就會捨不得掛斷，怕自己會無理取鬧，怕自己會不顧一切奔向他。

不行的，至少現在不行。

現階段他們都有各自應該要去完成的事情，那是必經的路程，就算死命抵抗，也無法逃過。
被扔在一旁的手機震動了下，鄭延熙打開訊息，是楊日辰。

我相信妳一定能夠去到妳想去的地方。

眼淚終於奪眶而出。
「我們都說好要一起往前，我們的故事沒有終點，忘了那些累贅……和從前的浪費，一起往前……」
鄭延熙哼唱著她最喜歡的一首歌，然後沉沉睡去。

＊

沒洗澡就睡覺是一件很糟糕的事，但更糟糕的是隔天還要上課。
鄭延熙大清早「碰」的一聲，打開鄭東禹的房門，鄭東禹被嚇得從床上跳起來，驚恐地看著她。
「妳幹什──」
「鄭東禹，我臭嗎？」
「蛤？」
「我問你，我臭嗎？」鄭延熙非常有耐心的重複道。
鄭東禹沒聽清楚，睡眼惺忪的皺了皺眉頭，微微頷首。「嗯……很醜……」

當鄭東禹準備鑽回被窩時，他突然清醒。
「喂，妳該不會昨天沒洗澡吧？」
「嘿嘿嘿……」再自家人面前哪還需要什麼面子？鄭延熙只管承認便是。
鄭東禹鐵青著臉，義正嚴詞的咬牙警告：「嘿三小，滾去洗澡。」
從浴室出來，鄭東禹已經在穿鞋準備出門了。
鄭延熙偏頭，納悶問：「弟，你今天怎麼這麼晚出門？」
鄭東禹停下穿鞋的動作，看了看顯示六點十分的時鐘，再看了看鄭延熙，鄭延熙立刻懂了——她哪有資格說人家啊！
於是她改口：「跟之前比，今天比較晚。」
鄭東禹起身，拉了拉書包背帶，一邊開門，一邊說：「早餐我做好了，放在客廳桌上。」離開前又補了句：「早點下樓。」
鄭延熙心底那個困惑啊，自己的弟弟今天特別反常，竟然親手做早餐給她……難道是看她最近心情不好嗎？
恍然大悟的瞬間，鄭延熙真是要感動得痛哭流涕了。
她迅速整理好，拎著親愛的弟弟的愛心早餐下樓。
「延熙。」
「哇啊啊啊啊！」
朝思暮想的身影出現在家門口，鄭延熙毫不猶豫地撲進蔡慶元懷裡。

抱了一會兒，鄭延熙抬頭，開心的笑起來。

「一大早就這麼幸福好嗎？」她又把頭埋進他胸膛裡了，「有弟弟做的早餐，還有男朋友送到家來。」

蔡慶元摸摸她的頭，溫聲說：「辛苦妳了，這陣子一定很辛苦。」

「沒事，有你就不辛苦。」

「從哪兒學來的油腔滑調啊？」蔡慶元也笑了。

到了校門口，鄭延熙跳下車，把安全帽還給蔡慶元。

「我先進教室囉。」鄭延熙隔著校門，朝蔡慶元揮手。

「嗯，掰掰，好好讀書。」

走沒幾步，鄭延熙戀戀不捨地再次回頭，卻看見蔡慶元蹲在地上，警衛伯伯從警衛室裡走出來，跟他說了一些話，然後拍了拍蔡慶元的臂膀，接著蔡慶元騎上摩托車揚長而去。

到底還有什麼，是她不曉得的？

蔡慶元……你究竟有多少祕密呢？

*

那日之後，蔡慶元好像變得更忙了。

鄭延熙計算著他倆交往的時間，大概是兩人都太忙了，於是忘了慶祝交往一百天……個屁，鄭延熙怎麼可能會忘記這個重要的日子？是因為滿一百天當天，鄭延熙打了好幾通電話給蔡慶元，他都沒有接，一整天下來宛如人間蒸發，直到隔天才回電話給鄭延熙。

日子都過了，多說無益，況且蔡慶元似乎也不怎麼在意。

又過了幾個星期，也就是今天，鄭延熙再次聯絡不上蔡慶元。

以前再怎麼忙，睡前兩人還是會通電話，五分鐘也好，三分鐘也罷，總歸聽到彼此的聲音便足矣。

鄭延熙趴在桌上，嘆了口氣。

「喂喂喂，別隨便嘆氣啊，會倒楣的。」楊日辰拍拍她的肩。

「嗯，那就倒楣吧。」沒有蔡慶元，運氣再好有何用？鄭延熙心想。

「學測生耶、學測生，學測戰士是不可以倒楣的！妳這樣怎麼猜題？」楊日辰瞠圓眼，提高音量：「快把剛才那句話刪掉！」

身為學測戰士，信仰是很重要的，於是鄭延熙十分乖順的給自己掌嘴。倒是楊日辰，這時候才心疼起來。

「打什麼啦？幹麼打自己！別打別打，會痛。」

「剛才有人叫我刪除，我以此表示誠意。」鄭延熙認真答道。

楊日辰輕輕蹙起眉宇，「反正以後不要這樣打自己，身體髮膚受之父母，為人子女要好好愛惜自己。」

鄭延熙愣了一下，恭敬應：「是的，大人，小的知錯。」

「很好很好。」楊日辰很配合的點頭讚賞。

不知道為什麼，和楊日辰處在一塊兒，總能讓鄭延熙感到自在，看到楊日辰，她心情就挺好；

和他說話，她心情更好。

*

楊日辰喜歡鄭延熙——

無須多言，大家應該都知道了，應該也只有鄭延熙不曉得。

忘了是什麼時後開始，楊日辰眼睛追著她跑，心也跟著她起起伏伏。看到她笑，他也跟著開心；見她流淚，他便隨之沉悶。喜歡上鄭延熙之後的日子，楊日辰的陰晴圓缺彷彿都與她有關。

楊日辰經歷過朋友的背叛、感情的決裂，曾經他以為友情與愛情都是用金錢利益交換而來——有錢，一切好說，若是沒錢，那麼你將變得一文不值。

但遇到鄭延熙之後，他感受到她的「真」，對愛情的坦然、對友情的義氣，任何感情經過她，像是經過過濾器一樣，變得澄澈透明，清爽起來。

他喜歡這樣的她。即使她有喜歡的人，即使她有交往的對象，即使她總為另一個他掉淚。

*

鄭延熙站在賣車輪餅的攤位前，在奶油口味與蘿蔔絲口味之間天人交戰。

她今天穿得非常隨興——說穿了就是邋遢。一副黑框眼鏡，像衛生衣的白色Oversize T恤，洗到褪色的牛仔褲和一雙夾腳拖。

此刻的畫面，就像有個女生餓了十天沒吃東西，站在攤位前跟老闆要剩飯。

「學姊。」忽然有個柔和嗓音喚住鄭延熙。

鄭延熙抓了抓後腦勺，轉過身去。

「徐、徐善恩！」一看到徐善恩，鄭延熙欣喜的叫出來。「妳怎麼在這裡？」

「正好經過。」

「我以為妳是來念書的，你們不是也快要段考了嗎？」

「對啊，不過我已經把最後一次段考範圍準備完了，所以就出門晃晃。」她眼神落在遠處，淡淡地說：「今天挺好。」

「嗯嗯，今天天氣確實很好，不會太冷。」

「不過，學姊，妳從剛剛就一直站在這邊，是在等人嗎？」徐善恩左顧右盼。

鄭延熙吐吐舌頭，指了指眼前的攤位，說：「沒有啦，我是在猶豫要買什麼口味。」她懊惱的問徐善恩：「妳覺得奶油口味好，還是蘿蔔絲？」

「妳喜歡哪個多？」

鄭延熙想了想，答：「我現在兩種都想吃。」

徐善恩忍不住笑起來，「那就兩個都買啊！」

「不行，我會吃不完，等等就要吃晚餐了。」

鄭延熙的小阿姨今天回台灣，要帶她和鄭東禹去吃buffet。

徐善恩沉默了一會兒，提議：「不如這樣吧，我買奶油，妳買蘿蔔絲，我們再一人一半交換著吃，怎麼樣？」

「機智如妳！」

鄭延熙和徐善恩一同坐在圖書館外的長椅上吃車輪餅。

「學姊，妳有想念的大學嗎？」說完，徐善恩咬了一口奶油車輪餅。

「有啊，當然有，我想和我男朋友念同一所大學，這樣就不用煩惱什麼時候有空能和對方見面了。」鄭延熙苦笑，「畢竟距離也是一種困擾嘛！」

徐善恩點點頭，又問：「你們是遠距離戀愛喔？」

「應該……不算吧？妳知道S大吧？公車搭差不多三、四十分鐘就會到。」

「那怎麼會說『距離是一種困擾』？」見鄭延熙不語，徐善恩繼續說道：「學姊，其實妳所說的距離……應該是心的距離吧？」

鄭延熙怔愣。徐善恩說的話簡直是命中紅心。

是啊，她又何嘗不知道？其實她和蔡慶元所處的距離根本沒有想像中的遠，真正遠的，其實是彼此的心。

她知道的。她一直都知道的。

他們從未了解過彼此，就像他們遇見對方的契機，和他們決定在一起的動機。

他們倆人各自夾帶著一身傷，蹣跚走來，碰巧遇上了。看到有著和自己一樣傷痕累累的人，於是相互依靠、彼此療傷。

等到傷口癒合了，也就不那麼需要這個人的存在了。

可是最最悲慘的是，在這段療傷的過程當中，鄭延熙犯規了。

並不是說蔡慶元不愛鄭延熙，他沒有作戲，他對鄭延熙的好、對鄭延熙的關心，都是真真切切、發自內心的。

只是，那樣的愛，卻好像只是一種彌補過去的方法。他把她誤以為另一個她。

然後，就這麼錯下去了。

▶曾經我以為時間會讓相愛的兩人坦承，卻發現日積月累的不是信任，而是祕密。

第七章

不管是喜歡上一個人，或是愛上一個人，常常都是一念之間。

學測倒數個位數的日子，考生的心情平均值大概只有「煎熬」二字能夠形容。

鄭延熙接下來的日子，都會跟著安芮和徐書煒一起去補習班自習，由於是自主自習，不是上課，補習班的管控自然也就寬鬆多了。

「好想去耶誕城喔！」鄭延熙挨著安芮的肩頭哀號。

新聞都說耶誕城每年愈辦愈好，雖然鄭延熙沒有什麼特別感覺，就是覺得照片跟現場不太一樣——照片漂亮太多了。但她是個少女，說到底還是有個少女心的，總歸去感受一下聖誕節的浪漫氣氛是個必須。

啊，說到浪漫，立刻想起蔡慶元了。鄭延熙真是無論何時都能想到他。

「瘋了嗎？考完試再去。」安芮推了下她的額頭。

「考完就結束了啦。」

「那妳現在去啊。」安芮挑眉，一臉挑釁。

鄭延熙打從心底覺得安芮現在的表情很欠揍。她這麼一說，鄭延熙整個罪惡感都湧上來了。也是，都要考學測了腦袋還想著玩樂，是該感到罪惡。

徐書煒一邊收拾書包，一邊打呵欠。打完呵欠，故意說：「今年有林俊傑表演耶。」

鄭延熙真想痛毆眼前這個人一頓，都累成這樣了還有力氣挖她痛處？

她撇撇嘴，「沒關係，我不在乎。」這話明顯是在自我安慰。話剛落，鄭延熙也打了呵欠。

好累啊……

雖然念書是一直坐在同一個位置上，但腦力激盪是真的會讓人感到疲倦的，再說，鄭延熙這麼晚才開始準備學測，盪得於是更辛苦。

和他們道別之後，鄭延熙拖著疲憊身軀，到公車站等車。等待的空閒時間，她打開Instagram隨意瀏覽別人的限時動態。

「蔡慶元經過耶誕城耶……真好。」鄭延熙自言自語。

接著蔡慶元的限時動態裡出現了幾個女生。

也不是說他們肯定「有什麼」，大學同學一群人出去玩很正常啊，就像鄭延熙也會跟高中同學出去吃飯一樣。況且蔡慶元的限時動態裡，並非全都是女生，而是男生女生人數各半。

但鄭延熙不知為何，心裡竟感到不高興，說不高興又有點不對，總之那種感覺很複雜，有點像是吃醋，但忌妒又多一些。

憤怒經常讓人無法分辨是非，讓人失去判斷事情的理智，加上鄭延熙正處於飽受學測壓力及身心疲乏的狀態，她沒多想，撥了通電話給蔡慶元。

第一通——

沒接。

第二通——

沒接。

鄭延熙愈來愈著急，心裡的不安不斷擴大、蔓延。她不是不相信他，她只是需要安全感，而這份安全感需要被確認。

終於，蔡慶元在第四通接起。

「怎麼——」

「你在哪裡？」不等他說完，鄭延熙逕自打斷。

察覺到鄭延熙的口氣不對勁，蔡慶元沉默了一陣，才說：「剛剛跟同學去耶誕城，現在要回家了。」

「現在『才』要回家嗎？」她語氣咄咄逼人。

「延熙，妳現在是不是不高興？可以直接跟我說嗎？不要這樣拐彎抹角。」他頓了頓，又說：「我不喜歡這樣。」

蔡慶元略顯不耐的聲音讓鄭延熙更加無法控制自己的脾氣了。明明她剛才看到的是一群人出去玩的畫面，現在留在腦海裡的，卻只剩下幾個女孩子的笑聲。

「你為什麼跟女生出去？他們知道你有女朋友嗎？」

「……妳就只是為了這個在生氣？」

「什麼叫做『只是』？」鄭延熙不敢置信地在電話另一頭瞠大眼，冷笑問道：「你的意思是，對你來說我不過『只是』個女朋友？不值得你對人承認？」

人的情緒很可怕，尤其是像鄭延熙在身心俱疲的情況下吃醋，憤怒淹沒她的理智，讓她無法好好思考自己所說的話與針對的事。
她知道她不能這樣做，也明白自己正在無理取鬧，但偶爾，就這麼偶爾，鄭延熙也想要耍小脾氣，想要像其他戀愛中的女生一樣，給男朋友安慰、給男朋友哄。
蔡慶元有沒有做對不起鄭延熙的事情——不知道。但鄭延熙便在這種毫無證據的情況下含血噴人，無故被冤枉的蔡慶元當然會不爽。誰都會不爽。
但他還是捺下性子，「延熙，妳先冷靜，好嗎？等我到家再打給妳，我們就先不要執著於這個話題了。」
不要執著於這個話題？意思是就讓它過去嗎？鄭延熙這下子是徹徹底底的惱火了。
「你這是做賊心虛嗎？」於是她想也沒想便脫口而出。
「做賊心虛」這四個字真的不能隨便亂用，很受傷的。
原本心平氣和的嘗試跟鄭延熙溝通，但鄭延熙不領情，有什麼辦法？蔡慶元也愈來愈克制不了脾氣——鄭延熙忘了蔡慶元原本就不是個脾氣多好的人，他只是為了不重蹈覆轍，努力忍下翻攪的怒氣而已。
「我不想說了。」他沉下嗓，這句話幾乎是從牙縫擠出來的。
鄭延熙哆嗦了下身子，還來不及反應過來，電話便被蔡慶元給掛斷。
切斷通話的瞬間，鄭延熙才終於清醒，意識到自己方才究竟說了什麼氣話。
而她的後悔從這一刻起，再沒停下過。

＊

在考試前捅出這事兒，只能說太衰。
鄭延熙和蔡慶元兩人開始了冷戰，她不去聯絡他，那麼他也就當她空氣的那種冷戰。
鄭延熙想起他們從沒吵過一次架，每次只要發生讓對方生氣的事情，蔡慶元就會先阻止爭執發生，他嘴裡總重複著那句：「再說下去我們會吵架。」而這句話卻讓他們之間的裂痕愈來愈大。
經歷過被劈腿的鄭延熙，說穿了，心底對愛情多多少少摻進了一些猜忌、懷疑，她不再像以前那樣，對談戀愛的另一方抱持著絕對信任，毫無疑問的付出。
蔡慶元雖然不是長得非常帥，交友方面甚至有一點點慢熟，但卻是女生會喜歡的那種類型，這些鄭延熙都知道，所以分隔兩校，她才會那麼的不安。她怕蔡慶元會跟張中奕一樣，在她不知情的時候，把胸膛借給了另一個女孩子。
她害怕的那些可能有太多，卻埋在心底深處，閉口不談。她以為只要見到蔡慶元，一切都會回歸原位，她不會再感到不安，而蔡慶元也不會讓她感到不安。
可是她和他，都錯了。
他們從一開始和對方在一起的出發點，就不是為了愛情，而是為了「再次相信愛情」，互相療傷，彼此鼓勵著進步。
到最後，鄭延熙已經分不清楚，他們到底是進步了，還是依舊原地踏步？

*

「鄭延熙，拜託妳不要發呆了，行嗎？」

徐書煒講解物理題目的時候，發現鄭延熙一雙眼睛只顧著放空，完全沒聽他解題，便氣惱起來。他可是用功了很久，才終於能夠成為解題的人耶。

「喔……好，抱歉。」鄭延熙語調平淡的回。

安芮覺得不對勁，於是把鄭延熙一把拉起，「我有話跟這丫頭說，你自己先念書。」

她們到星巴克外頭，自動門一開，鄭延熙的身子立刻顫了好大一下，太冷了。

「就是要讓妳冷，看能不能把妳冷醒。」安芮斜睨她，斥責道：「離學測都剩幾天了？嗯？鄭延熙，這種時候本來就不應該煩惱其他事情，有什麼事情，難道不能等到學測之後再說嗎？」

鄭延熙鼻子一酸，眼淚掉了出來，「我跟蔡慶元吵架了，」她吸吸鼻子，難受的說：「這是我們第一次吵架。」

「吵架？」

「嗯。」

「所以呢？」

「……什麼？」

安芮嘆了口氣，嚴肅道：「鄭延熙，我知道跟男朋友吵架心情會不好，但那並不能作為妳讀書分心的藉口，一碼歸一碼，這是兩回事，現在沒有任何事情比考學測更重要了，妳不能讓其他事情影響妳準備考試的心情。妳要學測了，這是人生大事，關係到妳的未來，對，這很現實。除非妳告訴我妳想要指考，或者重考，不然妳現在就給我振作一點，不要恍神。」

其實鄭延熙並不怕和蔡慶元吵架，她怕的是，吵了之後，卻沒法和好如初。

但又能怎麼辦？再多的「早知道」都回不去從前。

鄭延熙第一次覺得回家的路好長。

蔡慶元陪她回家時，她總覺得這條路特別短，時間過得特別快，平時必須花上幾十分鐘的路程，和他一起卻像是只有十分鐘，不，三分鐘，只有三分鐘。她一下子就到家了。

心理作祟啊……

她慢慢的走，不知不覺來到楊日辰打工的那家飲料店。

鄭延熙站在遠處望著楊日辰，他一如既往的對前來的每一位客人露出微笑。但不知為何，此刻的鄭延熙卻看得出楊日辰的那張笑臉並非真心。對，一點也不真誠。

他只有在面對她的時候，臉上才會堆滿發自內心的快樂。

她不知道自己站在那裡多久了。

不過，大概真的很久吧？楊日辰都已經下班了，就站在她的前面。

鄭延熙眼前模糊一片，她看到楊日辰嘴唇動了動，一張一闔的，好像說了甚麼。但是她沒聽清楚，她好累。

等到她回過神來，自己已經躺在客廳的沙發上了。

「姐，妳要不要喝可可？」鄭東禹坐在鄭延熙身邊。

「可可？」

「對，熱可可。我泡給妳喝。」

鄭東禹見鄭延熙起身，便去廚房泡可可給她。

「喏，給妳，小心燙。」

「……」

「妳幹什——喂，妳幹嘛又哭啊？妳真的很愛哭耶。」鄭東禹心已死，鄭延熙這一哭，不知道又要哭多久？

他沉默了一陣，問：「學測壓力太大？」

鄭延熙點頭，又搖頭。

雖然是親生姐弟，還同父同母，可鄭東禹仍然無法與鄭延熙心電感應啊！

這位小姐姐，您行行好，說句話唄！

「男朋友？分手了？」鄭東禹想了想，問得還挺直接的，也不怕戳到鄭延熙痛處。

她吸吸鼻子，抹了一把臉的眼淚，問：「我有哪裡需要改的嗎？我哪裡不好了？他說什麼我就做什麼，他要我不要公開關係，我就對別人說謊；他要我不要跟他吵架，我就閉嘴啊。」當然，今天除外。

「為什麼不要吵架？」

「因、因為只要吵架，就會產生裂痕，產生裂痕，相處就會有、有嫌隙，嫌隙只會愈來愈大，不會癒合……」鄭延熙抽抽噎噎地說著。

「什麼不會癒合？你們要溝通，要去解決問題，要把事情說開啊。」鄭東禹把熱可可塞到鄭延熙手中，「吵架雖然激進了點，但那也是一種溝通方式。」

鄭東禹的個性向來直來直往，絕不拖泥帶水。所以他實在不懂為何人與人之間發生誤會，不直接解釋，然後解開心結。

「這樣會分手……」鄭延熙含糊不清的道。

鄭東禹已經不曉得自己是第幾次看到自己的姐姐為了感情的事情掉淚。

雖然鄭延熙腦子挺兩光，但是他們年紀還很小的時候，鄭延熙總是保護他不被鄰居小孩欺負，只要有人嘲笑他是沒有爸媽的小孩，鄭延熙就會大聲告訴他們：「我就是他媽媽！」

為什麼要讓一個如此善良多情的人，走在這條坎坷的路上呢？

「姐，」鄭東禹深吸一口氣，「我覺得啊，如果不能成為妳鍾愛的模樣，至少成為自己覺得舒服的樣子吧。」

我們好像總是在追求一個自己幻想中的模樣。

一個很完美、完美到幾乎沒有缺點的模樣。

可能是一個全能的家庭主婦、一個能歌能舞能演戲的明星、一個長得漂亮又受學生喜愛的年輕老師，或是一個不會忌妒，並且很能包容的女朋友角色。

不可能的。

有的時候，這就像是夸父追日，我們一直在追逐著一個無法達到的目標，明知道自己不可能做到那樣好，卻始終相信那句勵志名言：「人沒有什麼不可能」。

可惜的是，更多時候，我們無能為力。

鄭延熙甚至覺得，現在的她，好像「正在」失戀。

＊

「靠，有夠冷的。」安芮搓了搓手臂，一面翻白眼。

「我的心更冷。」鄭延熙幽幽的回。

她這句話直接被安芮忽視了。

雖說鄭延熙和蔡慶元這次吵架，主因多半是起源於鄭延熙得口無遮攔。但以目前的情況來說，身為旁觀者，似乎可以稍微的同情一下她——

鄭延熙啊，她可是面臨人生重大考試的學測生啊！

「所以我才說不要談戀愛。」

「芮芮，妳這樣不行，太極端了。」

「總比搞得自己心情不好來得好。」

這句話聽上去有點繞口，鄭延熙懵了懵，沒頭沒腦的問：「所以是好不好？」

「鄭延熙！」

聽到熟悉的聲音，鄭延熙心頭沒來由一熱，胸口像是有什麼東西正在燃燒。

其實我們應該多少有過這種感覺，不是男女情愛，而是一種相互依賴的情感。至少就目前來說，楊日辰對鄭延熙是如此。

「我的天啊，超久沒看到妳耶！」他笑得特別燦爛。

鄭延熙不知何故，有些不好意思的抓抓臉，「嗯，挺久的。」

「我剛剛買了消夜，你們要不要一起吃？」楊日辰舉起手中一大袋滷味問。

「我就免了，得早點回家，不然我爸又要念我了。」安芮擺擺手，「下次我要吃炸雞，拿坡里的，記得換全部雞腿。」

「還點餐咧。」楊日辰失笑。

一面走，鄭延熙一面思忖，萬一半路碰上蔡慶元不就尷尬了？蔡慶元一向逃避問題，雖然他不會像張中奕一樣發脾氣，但什麼都不說、不問，才是真正的解決不了問題。鄭延熙寧可蔡慶元對她發脾氣。

好比上回校慶時，即使蔡慶元撞見她與張中奕，明顯不高興了，卻也不願聽鄭延熙解釋。然後問題就一直在那裡。

「那就順其自然啊。」楊日辰說得一派輕鬆，「說真的，妳現在還真不應該把心思擺在感情問題上，妳想想，學測都倒數幾天了？呃，我沒算啦，但這是人生大事，攸關妳的未來。」

鄭延熙緊抿唇，良久，才道：「可是我真的不想分手……」

「分手？他說要分手了嗎？」楊日辰困惑。

「沒有。」但是就是有這種感覺，很不安的感覺。鄭延熙心想。

不知不覺很快走到鄭延熙家了，楊日辰輕吐一口氣，雙手放在鄭延熙肩上，一字一句說得清楚：「妳聽我說喔，我們都知道這個年紀談的戀愛很難走遠，要說永遠，那叫做奇蹟。好，假設你跟他真的分手好了，但妳想想，妳不過是高中生，十幾歲，以後還有很多時間，等妳唸大學之後，還會認識很多各式各樣的人，社團活動也好，系上認識的也罷。」他頓了頓，想了下又繼續說：「可妳有沒有發現，這些的前提都是妳要考一所好的大學，才能有更多的可能？」

楊日辰的話讓鄭延熙無法反駁，但楊日辰知道失戀有多難受嗎？

他說的沒錯，每個人在每個階段都有必須去完成的使命，而現在鄭延熙必須把學測放在最前面，雖然很多人都會抱著一種「學測考不好，大不了指考」的心態，但她才不要這樣，她不要為了感情，不要因為一段飄忽的愛情，影響到自己的未來。

到家後，鄭延熙燈也不開，直接攤坐在沙發上。不知道為什麼，就是不想動。她盯著電視機裡頭的自己，發起呆來。

鄭東禹剛洗完澡從浴室走出來，看到鄭延熙動也不動的坐在客廳沙發上，忍不住嚇了一跳。這畫面活像個鬼片場景啊！

連問都不用問，他這姊姊人生當中除了為情所傷，還有什麼事情能讓她心情不好？之前段考考出一個全校倒數的名次，還不是活得悠哉悠哉的？

該說的都說了，開導的話說多了也就變廢話了，這種事情還是要當事人自己看開才有用，別人說得再多，對方聽不進去，那都是枉然。

所以鄭東禹什麼也沒說，把切好的水果從冰箱拿出來，放在茶几上，就回房間了。

鄭延熙眼眶一熱，眼淚忍不住落下。

以前玩社團時總愛往外跑，現在她突然覺得有家可以回，真的好幸福。

楊日辰把房門關上，開燈，整個人有點虛脫。

其實也沒有到虛脫那麼誇張，準確來說，是無力。

鄭延熙正面臨與蔡慶元的感情危機，楊日辰雖然心疼她，但令他驚訝、甚至感到羞愧的是，他心裡有那麼小小的一部分，竟然為此竊喜——是不是我快要有機會了呢？

人都是貪心的。

這些日子他稍微整理了自己的感情——鄭延熙很笨，可是我喜歡她；鄭延熙很白目，可是我喜歡她；鄭延熙有喜歡的人了，可我還是喜歡她。

楊日辰明白，感情這種事情從來就沒有所謂的理由，不管是喜歡上一個人，或是愛上一個人，常常都是一念之間。

也許你會在沒有對象的時候，為自己未來的伴侶設立一些「門檻」，像是不會抽菸啊、不會吃鼻屎啊等等，諸如此類的，可當你真正喜歡上一個人時，那些門檻就煙消雲散。不重要了。因為你喜歡的是他這個人，而不是他的條件。

拜託，當初楊日辰還幻想自己未來的老婆會是個高智商的高材生咧！他壓根兒沒想過，鄭延熙這個豬頭會讓他魂不守舍，讓他擔心，讓他難過心疼——

會走進他的心。

所以，鄭延熙啊，妳要快快樂樂的，要幸福。不管那個讓你感到滿足的人是不是我，只要妳開心，我便甘之如飴。

*

度日如年。

從沒和蔡慶元吵架過的鄭延熙，一吵就是沒有期限的冷戰，就像一個囚犯被宣判無期徒刑，她什麼也不能做，做了也沒用；什麼也說不出口，說了也無法挽回。

她好討厭這樣，討厭這種什麼都不說、不聯絡、不接觸的冷暴力。可她卻無能為力，深怕只要再起那麼一點點小爭執，就再也無法挽回。是的，她還想挽回他，還想再愛他，所以只能等，一直等，等到……

「同學，妳的早餐好了喔！五十五元。」早餐店阿姨喊她。

鄭延熙急急忙忙地從書包裡頭拿出錢包，掏出六十元給早餐店阿姨找零。

「下次點完餐就先把要付的錢準備好，才不會結帳的時候手忙腳亂的。」徐書煒突然出現，他說完，打了呵欠又伸了個懶腰。

鄭延熙怔愣了下，沒想到徐書煒是這種細心的人。

「同學，你的七十元喔！」

「喔，好！阿姨您真漂亮！」徐書煒一面諂媚一面付錢。

這人是腦子哪條迴路斷線了嗎？就算把早餐店阿姨從頭髮稱讚到腳毛，她也不會免費幫你把中冰奶升級成大冰奶啦！

「阿你給我六十元幹嘛？呼嚨我餒！你是當阿姨眼睛脫窗喔？」阿姨生氣地朝徐書煒破口大罵。

看著徐書煒匆忙地拿出一個十元硬幣，鄭延熙決定收回剛剛對他的正面評價。

兩人拎著各自的早餐從早餐店出來，美好的一天皆從會拉肚子的早餐店奶茶開始。

大概是睡意還沒完全消散的關係，鄭延熙現在仍舊處於精神恍惚的狀態，她甚至一度飄忽到馬路上去，還是徐書煒把她拉回來，要不她這小性命早丟了。

「走路看路！」徐書煒撫了撫自己的心臟，差點把他嚇死。「所以，妳覺得呢？」

「喔……對啊，一定會拉肚子的。」鄭延熙說完，還打了一個不小的呵欠。

「什麼拉肚子？」徐書煒抓抓後腦勺，不解的問。「我剛剛是問妳，妳覺得我跟安芮告白的方式怎麼樣？她會喜歡嗎？」

「你要跟安芮告白？」鄭延熙反射性的大叫出聲，想了想，又問：「不對啊，你不是已經告白過了，結果被安芮拒絕了嗎？」

「靠，小聲點啦！」

好在周遭沒什麼學生，要是被認識的或是同年級的人聽到，徐書煒跟安芮大概會被調侃到畢業。

「好啦，不過……你是認真的嗎？」鄭延熙頓了頓，補充道：「我的意思是，你是認真喜歡安芮嗎？」

「……我剛剛講了那麼多妳是聽到哪裡去了？」徐書煒看起來特別無言。

「我剛剛沒在聽啊。」鄭延熙很誠實的答了。

接收到徐書煒惡狠狠的目光，鄭延熙縮了縮脖子，才又說：「唉喔，不是啊，你想想看嘛，現在都要學測了，安芮念書都來不及了，哪有時間回應你的告白啊？有點腦袋好不好？」

「妳的意思是學測之後就可以了？」

「呃……不知道我有沒有跟你說過，安芮是單身主義者？」鄭延熙小心翼翼的開口。

原以為徐書煒會很震驚，甚至放棄。但沒想到他倒是一派輕鬆，聳聳肩說：「那又怎樣？」

這人是哪來的自信？鄭延熙暗忖，還有點錯愕。

「妳就是想太多，喜歡是一件很簡單的事情，可妳總是把它想得很複雜。」徐書煒隨口道。

這話實實在在的正中紅心，鄭延熙承認自己容易胡思亂想，但她有什麼辦法？無論是懷疑、猜忌，諸如此類的想法無從她腦海中抹去痕跡。她很想怪罪給張中奕，如果當初他沒有背著她與其他女孩子曖昧，沒有跟女朋友之外的人做出逾矩的事情，她現在就不會處處懷疑蔡慶元了。

將在上一段感情所受的傷帶到下一段是不公平的，甚至可以說是錯的。鄭延熙心知肚明這個道理，卻沒有辦法做到敞開心胸、把過去發生的事情抹滅得一乾二淨。

其實我們都是如此，不是嗎？

明知道這樣做不對、那樣做不好，卻仍然無法克制那些思維在腦中滋長。

知道一件事很容易，實踐它卻無比困難。

總是要給自己一個理由、一個藉口，才能在既單純又複雜的人生當中，一次又一次的接受愛情，一遍又一遍的拍拍膝蓋上的灰，重新邁步。

「不是啊，妳想想，妳脾氣倔，我知道；自尊心強，我也能理解，」徐書煒稍稍提高音量，「愛情這事兒吧，冷戰是用來給你們冷靜情緒，不是看誰不跟對方低頭堅持得久，冷戰久了，就真結冰了，回不去了！」

鄭延熙想著也是，況且她愛他比他愛她來得多，這是事實，受點兒委屈也罷，能把這緣份繼續下去才是最重要的。

這學期的體育課期末考要考排球，單手二十下、對打十下，這冷冰冰的天氣，鄭延熙都覺得自己的手打一打會飛出去，簡直凍壞了。

「安芮，妳評評理，這種天氣，我們又要考學測了，老師不是應該要放我們去念書嗎？」徐書煒抱怨道。

「體育課有替育課要上的東西，別為難老師。」安芮分神回他。

「我可真羨慕妳排球打得厲害。」鄭延熙發自內心讚嘆。「陸上運動，除了羽毛球跟跑步，我沒別的會了。」

「哈哈哈哈哈，鄭延熙，我說妳這人是頭腦簡單四肢也簡單啊？」徐書煒大笑，絲毫不給面子。

這堂堂熱舞社的一員被說四肢簡單，鄭延熙整個火都上來了。

「去你……我懶得理你。」大人有大量，學測前就留點口德，所有的帳等考完再說。

「喂，你再說一次。」安芮冷冷地吐出一句話，惹得鄭延熙跟徐書煒雞皮疙瘩都浮起來了。

「什、什麼？」

「你剛剛說鄭延熙四肢簡單？人家好歹游泳厲害，你跟人家比什麼？排球嗎？怎樣，你單手二十下是考過了是不是？」安芮連珠炮似的，幾乎不把標點符號當回事，一口氣狠狠地罵了徐書煒一回。

不過你知我知，大家都心知肚明，安芮這是學測前壓力大，情緒不好，以給鄭延熙討公道知名，行發洩心情之實。

但徐書煒不介意，當然不可能是因為他脾氣好，要是今天遷怒他的人是鄭延熙，他才不會像討好安芮那樣討好她。

所以說啊，愛情是大麻，不但會上癮，還會變笨。

「感覺時間過好快又好慢喔。」鄭延熙沒頭沒腦的發表感想。

「供三小？」

鄭延熙聳聳肩，「我也不知道。」

「芮芮，我們別理她，她腦子壞很久了。」徐書煒嘻笑。

「你再說一次？」

「……剛剛是風吹的聲音。」

對鄭延熙而言，時間確實又快又慢。

快的是學測，慢的是蔡慶元。

前陣子她把大把大把的時光花在傷心上頭，一開始是因為蔡慶元沒有回訊息，後來是蔡慶元沒有接電話，最後是因為吵架。

對，談過戀愛的人都知道，當一個人很認真的談一段感情時，情緒確實會被牽著走，可當那段感情帶來的眼淚比快樂多很多時，是不是其實就是不適合？

鄭延熙喜歡蔡慶元。很喜歡很喜歡。甚至她覺得，她與張中奕在一起時都沒有付出這麼多愛。

所以她總是害怕失去，怕蔡慶元對她可能只是一時感興趣，新鮮期過了就什麼都沒有了。

但蔡慶元卻總在她幾乎要放棄時抓住她，給她一顆糖，讓她留下來。

這樣患得患失的日子已經持續好久了。

*

「不好意思，我找鄭延熙學姊。」

一看到是徐善恩，鄭延熙開心的從座位上跳起來。「怎麼跑來了？你們教室應該離我們班蠻遠的吧？」

徐善恩微笑道：「其實還好。」

「找我有什麼事嗎？」
「給妳學測加油打氣，哈哈哈。」徐善恩一面說，一面從口袋拿出一包小餅乾給鄭延熙。
「這是妳做的嗎？太精緻了吧！」鄭延熙忍不住驚嘆。
「別這麼說，我會不好意思。」
鄭延熙想了想，說：「我不常誇獎人，所以當我說妳很好的時候，代表妳真的很好。」說完，她露出微笑。
這話把徐善恩亂感動一把的，但她很快收拾好情緒，「那麼學姊，我就不打擾妳念書啦！考試加油，祝妳可以考上心目中的校系。」
「嗯，我會的。」鄭延熙感激涕零的說，「學妹，不給我一個鼓勵的擁抱嗎？」她對徐善恩張開雙臂。
徐善恩愣了下，接著嘴角漫開笑容，上前抱住鄭延熙，「學姊，妳一定要加油，我相信妳辦得到的。」

回到位子上後，鄭延熙拆開餅乾包裝，香甜的味道盈滿鄭延熙的鼻腔。
啊，學測使人貪吃，這句話還真沒開玩笑，鄭延熙這學期不知道又胖了多少。
她忽然想起楊日辰曾經說過女生肉肉的挺好看的話，而那天之後，這句話成為鄭延熙毫不忌口的理由之一，什麼熱量高她就吃什麼。
手機在這時候震動了下，鄭延熙打開一瞧，是蔡慶元。
她心臟忽然跳得很快，情緒激動起來。為了不打擾其他認真念書的同學，鄭延熙拿著手機到走廊查看訊息。

「明天有空嗎？」

鄭延熙開心極了，飛快的打字：「早上？下午？晚上？」

「晚上。妳白天得去上學，別偷懶。」

「小的明白。」

過了幾分鐘，蔡慶元都沒再回了，鄭延熙不想結束這段難得的對話，於是又問：「晚上幾點呢？」

蔡慶元讀了訊息，卻沒有馬上回，而是又過了半晌，才答道：「七點。」

鄭延熙覺得胸口悶悶的，不知為何，蔡慶元讓她感到陌生。她知道蔡慶元講話向來不拖泥帶水，就算只是朋友之間打哈哈，他都直接省略，了當的將話題切入重點。

蔡慶元的言簡意賅，讓鄭延熙彷彿回到最剛開始認識他的時候……

想到這裡，她搖搖頭，把這樣的想法甩出腦外。

沒事的。

「你們明天晚上要見面？和好啦？」安芮扒了一口飯和紅燒肉進嘴裡。

鄭延熙笑得合不攏嘴，「當然是和好了才會約會啊。」

「約會？」徐書煒不敢置信的蹙眉外加鼓掌三下，「喂，鄭延熙，大後天學測，明天約會，很敢啊妳。」

「就一下子而已，我們很久沒見面了。」鄭延熙急忙解釋。

「妳都不會良心不安嗎？小心文昌帝君不保佑妳。」

聽徐書煒這麼一說，鄭延熙立刻焦躁起來，內心開始無止盡的拉扯。都說了學測前信仰是很重要的，鄭延熙正陷入愛情v.s.未來的兩難之間。

「妳就去吧，反正妳就算拒絕了，心也不會在複習講義上。」安芮說完，夾了口青菜。安芮最近食慾特別好。

「對對對，妳就去吧，去了文昌帝君還是會保佑妳的。」聽安芮這麼說，徐書煒連忙改口道。

鄭延熙這是被徐書煒逗得哭笑不得，這人是怎樣啊？簡直就是「愛情奴隸」的完美寫照，安芮要是哪天叫他去撞牆，說不定他真的會照辦。

望著徐書煒，鄭延熙不由得羨慕起來。喜歡的人就在身邊，就在觸手可及的地方，想見就能夠見到，不像她，就算想念已溢滿胸口，還不一定有時間打通電話。

要是他們相識、相愛之時是在大學之後，會不會就不會像現在這樣，總是有忙不完的事情、對方無法踏足的生活圈？

鄭延熙開始擔心她與蔡慶元，有沒有辦法撐過這段日子，讓故事能有以後？

*

天氣實在冷到無法用言語形容，鄭延熙穿了兩件毛衣、兩件外套，又戴了頂毛帽才出門。

但出了門仍然是寒風刺骨。

鄭延熙遠遠的便瞥見蔡慶元，他倚在摩托車旁，抽著一根香菸。

鄭延熙覺得不對勁，但已經來不及了，在她出門的那刻，不對，她答應今晚赴約的那刻起，就已經無法挽回了。

她想轉身離開，可是雙腳卻不聽使喚的不斷往前走，往蔡慶元的方向走。而終於，蔡慶元也看見她了。

「延熙。」他吞雲吐霧的模樣讓鄭延熙覺得陌生。

「能不能……先把菸熄了再說？」鄭延熙站在他身邊，雙眼沒離開過他嘴裡叼著的火光。她好害怕。

蔡慶元頓了頓，才應：「好。」

回答的同時，一口霧白色的煙從蔡慶元嘴裡吐出。鄭延熙不曉得這是抽菸吐出來的，還是因為天氣太冷而在空氣中凝結的。

「我買了一點關東煮，我們……我們去旁邊的椅子上邊吃邊說吧。」

「不用了，我等等要回學校。」蔡慶元沒有看她，只是盯著地上那根仍舊泛著一丁點兒橘紅火光的菸蒂。

「這麼晚了還要回學校喔。」鄭延熙嘶嘴抱怨道，「我們好久沒見面——」

「延熙。」蔡慶元打斷她。

「嗯？」

「我們……分手吧。」

那一刻，鄭延熙背脊發涼。她已經分不清楚到底是不是因為天氣的關係了，她現在覺得好冷。

「你是認真的嗎？」她聲音發抖著吐出這句話。

蔡慶元依然沒有看她。他點點頭，應了聲：「嗯。」

「怎麼突然……突然說要分手？」

怎麼可以這麼殘忍？

「不是突然，延熙，這絕對不是一時興起的決定。」蔡慶元嚥了口口水，輕輕地道：「我們都心知肚明，不是嗎？」

「心知肚明什麼啊？我聽不懂你在說什麼。」鄭延熙聲音仍然在發抖。

她好想哭，好想大哭。可是她自尊心太強，她怕眼淚一掉，就會顯得自己不夠堅強。

蔡慶元嘆了口氣，抿了抿唇，說：「延熙，這段時間謝謝妳，和妳在一起的時候我總是覺得特別輕鬆。這段時間我想了很多，是我錯了，我當初不應該跟妳告白的，是我先開始的，所以我想跟妳道——」

「蔡慶元，你先……你先不要再說了。」鄭延熙的視線逐漸模糊，滾燙的眼淚在眼眶打轉，「你不覺得你很自私嗎？你知道我後天就要學測了嗎？你怎麼可以只考慮到你自己的立場？你會不知道現在分手會嚴重影響我的心情嗎？」

「難道現在我沒有說分手，妳的心情就會比較好嗎？」蔡慶元的聲音沒有起伏，卻在鄭延熙的心裡嗡嗡迴響。

蔡慶元就像一只擁有著珍珠光澤的彩色貝殼，真的太漂亮了，於是鄭延熙撿了起來，後來才發現那只貝殼缺了一角，而那缺角劃傷了她。

可是她卻仍執意的緊握在手心裡，明知會扎手、會受傷，卻死命掐著。

面對蔡慶元的質問，鄭延熙發現自己無話可說。她吸了吸鼻子，不願再看他——她為什麼要將視線停留在一個從頭到尾都不願與她對視的人身上呢？

「我不同意。」良久，鄭延熙才說。「在一起和分手都是兩個人的事情，你不能自顧自的琢磨、然後下定論，明明……明明我們之間都還有討論跟溝通餘地的。今天你說的話我都當沒聽見，等我考完學測再說。」

她在蔡慶元回答之前，搶先一步逃走。因為無論是同意或不同意，她都不想再聽到他的聲音。

▶ 從什麼時候開始，你已經背對我，不再看我了呢？

第八章

愛情太淺白，沒了心，就是真的不愛了。

考試第一天早上，鄭延熙手忙腳亂的檢查背包。

「黑筆、立可帶、2B鉛筆、橡皮擦、准考證、手錶。」鄭東禹靠在鄭延熙的房門口，叮嚀：「手機記得關機，要不就別帶了，反正也用不上。」

「怎麼會用不上？考完了我得給你打個電話讓你來接我啊。」鄭延熙一面檢查筆袋，一面說。

鄭東禹特別無言，「姊，我沒駕照，怎麼接妳？搭公車過去再陪妳搭公車回家嗎？妳腦子壞了是不是？清醒點，都要考試了還白癡白癡的。」

「啊……對耶。」她偏頭想了下，又問：「那麼你來陪考吧？嗯？給我送個午飯也好，不然我一個人挺孤單的。」

「安芮姊呢？她跟妳不同考場嗎？」

「一樣啊，可是她媽媽要去陪考，我就不好意思去找她了，她家人老給人一種壓迫感。」鄭延熙抱怨。

鄭東禹聳聳肩，「那我也沒辦法了，我寒假的讀書計畫從今天開始執行。」

鄭延熙這下是有點絕望了，雖然全國約莫十三萬名考生絕對不只她一個人是獨自前往考試，但不知為何，就像當時考國中會考一樣，每每到了這種大型考試，她心裡總會萌生一種感慨，看著身邊的同學、朋友們的家人，不管是送便當也好，或只是坐在一旁看報紙也好——她也渴望家人的陪伴。

她心灰意冷的收拾背包，連聲「再見」也沒說，便推門而出。

鄭東禹望著鄭延熙的背影，難免同情他這幾乎可以稱為邊緣人的姊姊，嘆口氣，拿起手機，撥了通電話。

上午的考程結束後，鄭延熙無精打采的回到體育館。遠遠的，她看見一道熟悉的身影，就在她位子旁邊。鄭延熙揉了一下眼睛，又揉了一下……

「喂，妳到底要不要過來？」

楊日辰雙手手心圈在嘴邊，聲音穿過重重人群，落入耳裡。

鄭延熙竟然哭了。

「你怎麼老愛用較小狗的口氣叫我啊？」鄭延熙抹了一把臉。

「妳怎麼老看到我就哭啊？」楊日辰特別無奈，從包包裡拿出一包袖珍包衛生紙遞給她。接著又從紙袋裡取出外套，「來來來，快穿上，超冷的吧今天？」

「你怎麼會來？」鄭延熙穿上楊日辰帶來的外套，雖然大了點，但很暖和，還有一股熊寶貝柔軟精的味道。楊日辰的味道。

「妳弟打給我，他覺得自己的姊姊太邊緣了，有點可憐，所以叫我來陪妳。」楊日辰一邊說，一邊往椅子上的便當盒抬了抬下巴，「吶，給妳帶了午餐。」

鄭延熙感動得幾乎要說不出話來，今天早上還在感嘆自己要孤軍奮戰了，結果上午考試一結束就看到楊日辰。他的出現確實給她捎來一縷溫暖。

鄭延熙不是沒有發現，每當她心情不好，或者說當她覺得自己是一個人時，楊日辰總會在她需要陪伴的時候站在她身邊，他會讓她知道，她不是一個人，他一直都在那裡。

對鄭延熙而言，楊日辰就像冬日裡的暖陽，輕輕的，柔柔的，給她生活注入溫情。

「我來看看是什麼菜色呢……」鄭延熙打開鐵製餐盒，忍不住一陣驚嘆：「天啊！這都是你煮的嗎？」

便當裡有炸豬排、茶葉蛋、花椰菜、番茄炒蛋等等，光是視覺上的享受就讓鄭延熙大飽眼福了。

「茶葉蛋便利商店買的，其他都是。」

「太厲害了吧！快告訴我你還有什麼不會的！」鄭延熙驚訝道。

楊日辰得意洋洋起來，下巴抬得可高了，「那還用說，本大爺的廚藝就是這麼厲害。」

鄭延熙突然意識到這人是不能稱讚的，一稱讚就沒完沒了的自我膨脹。

「我都還沒吃咧，不用急著自捧。」她睨他一眼，咬了一口炸豬排，酥脆的「喀滋」一聲，彷彿打開了鄭延熙的胃。

「怎麼樣？味道如何？不錯吧？」楊日辰眼睛閃閃發光，就等鄭延熙的回應。

「好吃！」鄭延熙用力點頭。

「吃吃看番茄炒蛋，看會不會太鹹？」

「完全不會，這也好好吃！」

其實楊日辰根本沒有仔細看鄭延熙吃了什麼，也壓根兒不在意她對他廚藝的評價。看到她開心了、笑了，他就覺得什麼都不重要了。

「妳等等要複習還是要小睡一會兒？」見鄭延熙將便當吃光，他動作自然地從她手中接過便當盒。

「睡一下吧，考了一上午有點累。」鄭延熙有點過意不去的說：「便當盒還是給我洗吧！」

楊日辰抬手阻止她，「不用，考生就乖乖當個廢物就好。」

「喂！」鄭延熙作勢要打他。說這什麼話啊，真是的。

楊日辰洗完餐盒回來時，鄭延熙正坐在位子上打瞌睡。

這人還真是一點警覺心都沒有啊！雖說體育館人很多，但畢竟是一個女孩子，還是要稍微防範啊！

「欸，鄭延熙，妳的睡相會不會太醜了一點？」楊日辰將便當盒收進包包裡去，推了推鄭延熙的肩膀，「起來一下。」

從睡夢中被吵醒自然是不爽的，鄭延熙慢動作的揉揉眼睛，才一點氣勢也沒有的瞪了楊日辰一眼。

「我剛剛不是說要睡一下的嗎？」鄭延熙沒好氣的說。

楊日辰轉過身，背對鄭延熙，「肩膀不好躺，妳可以躺我背上睡。」他想了想，補充道：「側身靠著會好睡一些。」

啊……

看不見楊日辰的臉，鄭延熙木然的望著眼前的背，她就這麼的想起了蔡慶元。明明前幾天才見過面的，但她此刻卻有種想哭的感覺，只是哭不出來。

楊日辰的背比蔡慶元的要再窄一些，他的身上沒有香水味，只有洗衣服的熊寶貝柔軟精的味道，聞起來很舒服，很平靜。

鄭延熙小心翼翼地靠了上去，立刻感受到一股熱氣從楊日辰的背上染上臉頰。

「下午的考試繼續加油，不用擔心，妳可以考好的，我相信妳。」楊日辰說的很慢很慢。

「嗯。」

「不要緊張，放輕鬆，平常心考就好。」

「嗯。」

「有時間檢查一定要檢查，不要粗心大意，大考沒有機會讓妳後悔的。」

「……嗯。」

「喔，然後祝妳不會的都猜對。」

「這就是我要的，哈哈哈哈哈。」

接下來楊日辰說什麼鄭延熙都沒聽清了，她的眼皮愈來愈重，接著便沉沉睡去。

*

「欸，這個寒假妳們有什麼計畫嗎？」徐書煒躺在沙發上，懶懶地問。

「耍廢。」

「耍廢。」

鄭延熙和安芮異口同聲，發現與對方想法一致，於是擊掌。

徐書煒連翻白眼都懶，「傻眼，妳們活著到底有什麼意義啊？不打算打工嗎？班上很多人都在找打工了耶。」

「這你就不懂了，笨蛋是不會懂的。」鄭延熙從地板上爬起來……對，她原本躺在地板上，真心認為天花板比複習講義更好看。

「懂什麼？」

「唉，隨遇而安、得過且過啦，考前訂定一堆複習計畫，都考完了，我還要計劃計畫的過日子嗎？放過我好嗎？」

徐書煒覺得鄭延熙說的挺有道理，於是不再說話，放起空來。

「喂，鄭延熙，妳跟蔡慶元怎麼辦？」安芮突然問。

啊……蔡慶元……

鄭延熙覺得自己已經很久沒已聽到這個名字了，「蔡慶元」這三個字就像是從悠遠的記憶裡挖出來的。

算一算，學測考完也經過一星期了，自學測前兩人不歡而散，鄭延熙和蔡慶元這些日子毫無聯絡。

鄭延熙會不斷地查看蔡慶元的Instagram限時動態，看看他在做什麼，也許是在打工，偶爾社團辦活動，或著跟朋友夜唱什麼的。

要在這個科技發達的年代完完全全與某個人斷了聯繫實在是太困難了，鄭延熙忽然覺得沒有手機的時代似乎還挺不錯。

其實安芮好幾次要她把蔡慶元封鎖，或著隱藏他的限時動態，總之別關注他，愈關注愈難過。

可是鄭延熙哪有這麼豁達？與其說是好奇蔡慶元沒有她的生活，不如說鄭延熙其實是在尋找一絲挽回蔡慶元的可能。

「能怎麼辦？他不要我了啊。」鄭延熙有氣無力的說，忍不住一陣鼻酸。

「他不要妳，我要。」安芮難得肉麻的說，「這麼好的一個女生他不好好珍惜，讓他後悔去，給他後悔一輩子，我們別管他。」

「對啊，他一定會後悔的啦！去哪找像妳一樣這麼癡情的人啊？」徐書煒附和道。

鄭延熙差點無言，「我說你這句話怎麼聽都不像是稱讚啊……」

徐書煒坐起身來，皮笑肉不笑，回：「本來就沒有要稱讚妳的意思。」

見這兩人大概又要吵嘴了，安芮於是出聲制止，「好了好了，總之這件事情趕快去解決吧，越早解決越好不是嗎？」

「對啦對啦，趕快解決，搞不好這個寒假給妳來個豔遇。」徐書煒接住鄭延熙扔回來的抱枕。

「她才不需要豔遇咧！」安芮壞笑說。

「為啥？」

「咱們延熙可是有個楊日辰呢！妳說是吧，鄭延熙小朋友？」

鄭延熙怔了下，結巴道：「別、別亂講……齁呦，不要亂說啦！我們才不是那種關係。」

「哪種關係？」徐書煒追問。

鄭延熙不知道他是真不懂，還是故意裝傻挖苦她，總歸她現在真想請徐書煒的臉喝茶。

愈是接近放榜的日子，高三生們各個人心惶惶，深怕自己的成績太難看，變成指考戰士。

不過考完大家基本上都對過答案了，心裡大多有個底，大概知道自己的落點在哪。

鄭延熙例外。

雖然她真的進了自己最大的力去念書，但是不知道是不是因為身邊的人都不怎麼看好她，搞得她也跟著自卑起來，當時安芮跟徐書煒在客廳對答案，鄭延熙就當作沒看到，跑去廁所蹲馬桶。

「反正考不好，就剩下指考這個選擇了啊。」安芮倒是老神在在，「難不成妳要重考嗎？不好吧？我覺得妳沒那個毅力。」

安芮這話實在是命中紅心，鄭延熙無話可說。

「妳指考我就指考。」徐書煒很自然的接了話。

「神經病。」

「講話不要那麼難聽嘛！」

「去死。」

鄭延熙想起前陣子的安芮與徐書煒，因為徐書煒朝安芮多走近了一步，安芮動不動就鬧彆扭，徐書煒雖然常常被安芮搞得不知如何是好，甚至受傷，但他還是不放棄。他們看起來越來越好。

「有人要吃消夜嗎？」鄭延熙伸了懶腰。

「吃。」徐書煒秒答。

鄭延熙横他一眼，學他皮笑肉不笑的說：「呵呵，我偏不買你的份。」

「好啦好啦，我去買我去買。」安芮圍圍巾後戴上灰色針織手套，「你們要吃什麼？」

「滷味。」

「鹹酥雞。」

「維力炸醬麵。」
「麥當勞。」
「東山鴨頭。」
安芮在鄭延熙與徐書煒不要臉的得寸進尺時就出門了。
誰理你啊！買什麼吃什麼！

安芮拿著號碼牌等東山鴨頭的時候，發自內心認為沒有讓鄭延熙出來買消夜完全是個正確的決定。

眼前這個人可是蔡慶元啊！
安芮這下有些尷尬了，她現在心裡有千萬種思緒打了結，她想替鄭延熙問清楚是怎麼一回事？為什麼要選擇在學測之前提分手？也想狠狠地替鄭延熙痛毆他一拳。
誰讓這人傷了自己好姊妹的？簡直不得好死。
正當安芮心裡頭上演無數個小劇場時，蔡慶元發現她了。
「嗨，學妹。」他一派輕鬆地向安芮打了聲招呼。
「嗯，好巧。」安芮按捺住想毆人的衝動，故作鎮定的露出尷尬又不失禮貌的笑容。
這氣氛真是冷到無話可說，說什麼都行，卻也說什麼都不對。
「五十二號！」
好在這時東山鴨頭的阿伯救了她，安芮從來沒這麼感謝過。
「那麼學長，我先走了。」

「等等！」蔡慶元叫住。

被他突然拔高的音量嚇到，安芮有點錯愕的看著他，等他下文。

「延熙她……她還好嗎？」蔡慶元抓了抓後腦勺，不好意思地開口。

安芮怔愣了下，才蹙眉問：「你為什麼需要知道？不對，你為什麼想知道？」

「我覺得我跟延熙分手沒有分得很……清楚，她不同意。」蔡慶元想了想，又說：「我覺得我跟她還需要找機會出來好好談談。」

安芮沒有答話，她一想到鄭延熙在家裡乍看之下無所事事的模樣，其實是行屍走肉，就恨不得把眼前這個罪魁禍首碎屍萬段。

但那也是她無法插手的事情，她是局外人，她有什麼資格、有什麼立場，去評斷他們這段感情誰對誰錯？她不過是站在好朋友的角度去看整件事情，根本沒有下定論的權力。

我們從小聽到大的一個說法：A跟B吵架了，共同好友C一定要選邊站——我們認為這是幼稚的、是無理取鬧的，身為一個成熟的人，就會站中立，至少在做選擇前會先衡量事情的是非對錯。

但這誰不曉得？能做到真正中立的人，世界上又有多少個？

安芮以前也覺得這樣的想法很可笑，可如今她才發現，現在她只能站在鄭延熙的旁邊，替她說話。她只能站在她的旁邊。

就算一件事情沒有所謂的是非，只要讓安芮最好的朋友鄭延熙受傷，那麼無關對錯，安芮絕對憑交情看待整件事情的發生。是私心沒錯，這很現實。

所以最後，她仍然一句話也沒有講，轉過身，離開。

「芮芮！妳終於回來了！」
門才剛開，腳都還沒踏進去就先聽到徐書煒的哀號準沒好事。
安芮翻了記白眼，問：「又怎樣了？」
「鄭延熙啦！她偷喝冰箱裡的啤酒！」
「酒？鄭延熙喝酒？」
跟鄭延熙認識這麼久，她怎麼會不知道鄭延熙喝醉會變成什麼樣子？
「啊人咧？」
徐書煒往廁所方向指，「去拉肚子了。」
「……那你是在叫什麼叫？」
「酒快被喝完了耶！這樣吃宵夜要配什麼啊……」徐書煒哭喪著臉，特別委屈的告狀。
安芮則特別無言，於是無言地瞪他。
「芮芮……我們芮芮！」鄭延熙打了個嗝，從廁所出來，笑顏逐開。這笑容絕對不是什麼好事
——她真醉了。
「你們兩個最好給我把消夜吃完。」安芮咬牙道。
也不知道又過了多久，總之考完試的高三生們日子大多是這樣，花了整整一年埋頭苦讀，出門唯一目的地不是圖書館就是補習班。好不容易終於熬過了，現在的第一志願是當一塊會呼吸的爛肉。
鄭延熙吃滷味吃到酒醒得差不多了，盯著剩下三分之一的酒，不知道是靈魂出竅還是在想事情。
「其實我也不知道我是不是……」鄭延熙呢喃。
「什麼？」

「我不知道我是真的愛他，還是只是不甘心。」

「不甘心什麼？」安芮夾了一塊滷豆干。

鄭延熙又安靜了一會兒，才說：「不甘心自己總是被拋下的那一個。」

鄭延熙想過，她與張中奕的那段戀情，雖然是她分的手，但卻是張中奕先拋下她的，是他先背叛她的。

然後她碰上了蔡慶元。

她從原先抱持相互療傷的心態面對他倆的關係，到後來情不自禁的陷進去。她明知道自己踏入了不該踏入的地方，卻還是沒有回頭，沒有停下腳步。

愛情總是讓人如此。

心裡明白不該這麼做、不能那樣走，卻還是四處尋找一絲可能，哪怕那個可能是自己空想出來的，也要給自己無限希望，儘管路上總是害怕，儘管那條路佈滿荊棘，沒有盡頭。

就跟看鬼片一樣，既期待又害怕受傷害。

鄭延熙想起徐善恩對她說過的一句話：

「學姊，其實妳所說的距離……應該是心的距離吧？」

是啊。

什麼學校之間的距離太遠，都是屁話。真正遠的是彼此的心，他倆根本從未靠近過。

「延熙啊，」安芮深吸了口氣，說：「不知道就要弄明白，妳要釐清自己的感情，也要和蔡慶元兩個人坐下來、面對面好好聊一聊。分手是兩個人的事情，他單方面提分手是不行的。」

「我要怎麼跟他好好聊？他都不要我了，他不要我了啊！」鄭延熙愈說愈難受，眼淚一下子湧上。「芮芮，我現在好像正在等著準備失戀一樣……為什麼會變成這樣？」

安芮心裡那個心疼啊……看著鄭延熙哭得一把鼻涕一把眼淚的，她心臟也跟著悄悄揪緊。

「妳要告訴她妳的想法，把妳心裡面的想法全都告訴他，那些妳曾經想說又不敢說、沒機會說的話，全部，都要告訴他。」安芮捲起袖子，替鄭延熙擦掉眼淚，輕輕拍她的背，一下又一下，用很柔很柔的語氣說：「我希望妳好好的，希望妳快樂。」

鄭延熙嚎啕大哭起來，她也希望自己可以好好的，卻始終無法想像沒有蔡慶元的生活。

*

「新年快樂！」鄭延熙一大早把鄭東禹給叫醒，「喂，起床起床，起來刷牙嘍！」

今天是除夕，鄭延熙和鄭東禹姊弟倆要去小阿姨家吃年夜飯，不過這七早八早的就被鄭延熙的大嗓門給吵醒，鄭東禹於是特別不爽。

他拉了拉被子，說：「滾。」這個字幾乎是從牙縫擠出來的。

「我買了早餐，涼了就不好吃了喔。」鄭延熙提著裝有兩個滿福堡的麥當勞紙袋再鄭東禹鼻子前晃了晃。「我這兩天超幸運的，昨天抽到十元奶茶，今天抽到滿福堡買一送一。」

「我要睡覺。」鄭東禹縮了下身子。

「大過年的這麼沒精神，再不起來我就把兩個滿福堡都吃掉喔！」

鄭東禹頓了頓，道：「沒關係，我昨天抽到勁辣雞腿堡買一送一。」

「……我道歉。」

鄭延熙自討沒趣的坐在客廳，一面吃滿福堡，一面滑手機。

「新年快樂！」她傳了訊息到群組裡，附上廢物女友的貼圖。

過沒多久，楊日辰也回了貼圖。

「我快無聊死了。」

「超無聊。」鄭延熙手指飛快的打字，「我弟還在睡。」

「笑死，他的讀書計畫咧？」安芮問。

「我哪知道……」

「靠腰，妳弟還排讀書計畫喔！太認真了吧！」徐書煒傳了個兔兔震驚的動態貼圖。

小時候總是很期待過年，因為只要到了過年就可以領紅包，還能見到很多平時不常見的親戚，大家團圓的熱鬧與溫馨補足了鄭延熙心裡的空缺。

但是不知為何，隨著年紀增長，鄭延熙開始對「過年」無感。

並不是不想與親戚團聚，而是對她而言，小時候那份單純的快樂已經被生活的忙碌與現實的壓力漸漸消磨，有的時候她甚至覺得自己正被迫長大，被迫帶著平淡的目光面對生活中所發生的一切。

原本安靜的群組熱鬧起來，鄭延熙偶爾回傳個貼圖或是跟徐書煒鬥鬥嘴，心卻已經飄到另一個聊天室。

「新年快樂，學長。」

鄭延熙想了很久，才按下發送鍵。

學長。

那個初次見面，彼此不熟悉，還不好意思直呼對方名字時，她這麼喚他。

良久，蔡慶元也回了句：「新年快樂。」

當鄭延熙愁著要說些什麼好時，蔡慶元又問：「最近還好嗎？」

最近還好嗎？

僅僅五個字，鄭延熙卻鼻尖一酸，眼淚掉了下來。

不好啊……蔡慶元，我一點都不好，沒有你，我怎麼會好？

失戀就是，面對家人朋友時好像什麼都沒事，但與自己獨處時，腦袋就會瘋狂回放過去相愛的片段，然後心痛、淚流不止，最後哭著睡著。

鄭延熙知道自己身邊有了解自己的好朋友，也有一個刀子嘴豆腐心的弟弟，她可以和他們分享自己內心的痛楚、失戀的難受，但她就是不知道從何說起。她不想讓他們覺得自己在無病呻吟、在討拍——即使蔡慶元帶給她的痛是如此真實。

她好想他。

「我們真的不可能了嗎？」鄭延熙鼓足了勇氣問。

聊天室的另一端已讀了很久很久，卻一直沒有回覆。

鄭延熙關掉手機螢幕，摀住臉，忍不住放聲大哭。

「蔡慶元。慶祝的慶，元首的元，挺無趣的名字。」

「以後我只要沒課就載妳上下學。」

「可能就像妳一樣，偶爾還是會想起。」

「現在的妳，很好。」

「有時候並不是忘不了，而是不想忘。」

「我們在一起吧！」

「以後妳的事就是我的事，妳難過我也會難過，所以不要哭。還有，我願意試試看，我願意再相信一次愛情，只要那個人是妳！」

「嗚嗚嗚……騙人，蔡慶元你騙人……」

蔡慶元的聲音每在腦海響起一聲，鄭延熙的心就痛一次，她快要喘不過氣來。

鄭延熙是真的以為他倆可以長久的。

現在她已經分不清，究竟是時間不對，還是人不對，又或者是兩者都不對……她越來越糊塗了。

但這一刻她明白，她是真的愛蔡慶元，不是懵懂無知的小情小愛，也不是相互療傷的同情的愛，而是那種依戀、男女之間的——是愛情啊。

LINE的訊息提示音再次響起，鄭延熙從滂沱的回憶中被拉回現實，點開訊息。

「年假結束後的下周三見個面好嗎？」蔡慶元問。

鄭延熙心裡瞬間燃起一點希望。

「是時候該好好聊聊了。」

然後瞬間熄滅。

就算知道蔡慶元要談什麼，就算她千百個不願意……她能說不好嗎？她還有拒絕的餘地嗎？

「我知道了，那就晚上六點半。」
「七點可以嗎？」
「好。」
鄭延熙已經習慣蔡慶元說什麼就是什麼了。當她發現這點時，竟然控制不住的落下淚來。
她曾經聽過一句話：愛情裡原本就是能配合的一方多配合一些。
可現在她發現這句話是錯的，應該是：愛情裡愛的較多的一方，配合多一些。
可不是嗎？

*

鄭延熙和鄭東禹坐在返家的計程車上，兩人不發一語，各自看向窗外。
窗外街景從眼前呼嘯而過，鄭延熙花了好長一段時間習慣夜晚花花綠綠的燈光，然後習慣花花綠綠的燈光下，沒有人。
是啊，都幾點了，擁擠的都市幾乎不會像偶像劇裡演的那樣，在自家庭院玩仙女棒、放煙花。
唉，好想玩仙女棒啊……
「姊，要不要玩仙女棒？」鄭東禹突然出聲。
「蛤？」鄭延熙下了一跳，她這弟弟是有學過讀心術是吧？
「我叫日辰哥來玩。」他想了想，問：「妳要不要問問看安芮姊要不要一起來？人多熱鬧。」
「你什麼時候開始叫他『哥』了？之前不都直接連名帶姓的叫他嗎？」鄭延熙瞇起眼睛，上上下下打量鄭東禹，「說，他給你多少錢！」

「神經病……」

其實鄭延熙是知道的，她這弟弟，對喜歡的人會禮貌稱呼，對不熟的、討厭的人，便會連名帶姓的叫，管他年紀是不是比自己年長。

「不過你不是不喜歡熱鬧嗎？」鄭延熙咕噥。

鄭東禹暗暗翻了白眼，心想：還不是看妳心情不好，妳以為我想玩那種既無聊又不環保的鬼東西啊？幼稚。

他讓計程車在附近的小公園停下，公園裡頭已經有一些人在玩響炮了。

「啊啊，得趕緊佔個位子才行。」

「佔位子？」鄭東禹不解地問。

「楊日辰說他要買燒烤來，總不能站著吃吧？多不方便啊。」鄭延熙一面走一面回頭道：「對了，安芮跟徐書煒有其他約，所以就不來了。」

「是喔。」

「幹嘛一臉可惜的樣子？」鄭延熙失笑，「這兩個人平時就能見啦！過年算什麼，又不是只有過年才能見到面。」

鄭東禹沒再說話，不久後楊日辰也到了，他果真提著三袋燒烤來赴約。

「你神經病啊！買那麼多哪吃得完？」鄭延熙大叫。

「別忘了這裡可是有兩位男生啊。」楊日辰說完，眨了眨眼睛。

鄭延熙戲精上身，雙手交叉護在胸前，防備的說：「我是否該注意一下我的人身安全了？」

楊日辰漆黑的眸子撞進她眼底，「妳說呢？」

這三個字一出口不得了，鄭東禹的眼神立刻殺過來，惹得楊日辰渾身發寒。

楊日辰和鄭東禹把燒烤的紙袋從中間撕開，熱呼呼的霧氣隨著香味飄散出來。

「有香菇嗎？」鄭延熙一面嚥口水，一面走過去。

「有。」鄭東禹動作很快地拿了一串烤香菇給她。

「要不要吃米血？」楊日辰問。「他們家的米血特別有名。」

「好好好，我要吃我要吃。」

「拿去，多吃點，胖死妳。」

「喂，楊日辰你找死啊！」

「欸欸欸，新年說點好聽的話啊。」楊日辰閃過鄭延熙的襲擊，忍不住失笑。

鄭延熙嫣然一笑，對陽日辰勾了勾手，說：「恭喜發財，紅包拿來。」

鄭延熙在鄭東禹和楊日辰之中，就像一個小公主。任誰都看得出來他們對鄭延熙的百般疼愛。不為什麼。因為她是鄭延熙——是他唯一的姐姐；是他心底深深喜歡著的女孩。

「我很久之前去爬山，然後尿急，就急著找地方上廁所，然後很幸運地找到一間公廁，我就進去解放。」楊日辰滔滔不絕的說。

「然後咧？就這樣？」鄭東禹把最後一根烤青椒吃掉，又拿出一支香腸。

楊日辰搖搖頭，「結果我發現那是女廁……」

「變態！」鄭延熙反射性大叫。

周遭瞬間安靜下來，鄭東禹突然「噗哧」一聲，忍不住大笑。

「喂，不是啊！我哪知道那是女廁啊？我要是知道了，還會進去嗎？」楊日辰急忙辯解。

「不是，我是笑現在大家都覺得你是變態了，哈哈哈哈。」

楊日辰這一刻才感受到周圍關注的目光，沉下臉，低吼：「鄭延熙，妳還我清白來！」他兩手在鄭延熙的腰間搔來搔去。他知道鄭延熙最怕癢了。

「啊哈哈哈，鄭東禹快救我！」

垃圾收拾完畢後，他們各自回家。

楊日辰雙手叉口袋，回家的途中，他腦海裡滿是鄭延熙笑容滿面的臉龐。

——她是真的開心嗎？

或者，這就是所謂的「強顏歡笑」？

他好想告訴她，不管發生什麼事，也不管世界變得如何，他都會陪在她身邊，陪她面對一切。所以，難過時就儘管哭吧！多麼希望她能夠像小孩子，高興時就笑，受委屈就哭，生氣就發脾氣。

但是他要以什麼身分讓鄭延熙對他毫無保留的把自己攤在他面前呢？

——現在的鄭延熙似乎並不需要一段新的戀情。

偶像劇、小說中經常出現這樣的一段話——就算你心裡住著另一個人也沒關係——怎麼會沒關係？怎麼可能沒關係？怎麼可以沒關係？愛情是自私的，它必須是自私的啊！

楊日辰曾經認為，只要鄭延熙開心，他便什麼都好。但是這樣的想法卻在日子流逝當中被過濾、洗滌，楊日辰驚覺，即使自己只要看到鄭延熙幸福就會高興，那也不等於他的愛有所棲處。他對她的那份喜歡，終究懸在那裡。

楊日辰也是人啊，他也會累，也會對反覆做同樣毫無回報的事情感到厭煩，要是那天真的來到……要是那天真的來到，他還能繼續喜歡她嗎？

「鄭延熙啊……」楊日辰仰頭，對著漆黑的天空長嘆一口氣。

怎麼我們才十幾歲，愛就變得如此沉重呢？

*

開學第一天，班上同學個個活力充沛。鄭延熙已經習以為常了，文組班的人每個人都死氣沉沉，他們這些自然組的人不曉得是天生樂天派，還是腦子結構異於常人，只要一到學校就像抵達六福村一樣，不知道在興奮什麼。

「鄭延熙，大消息！」徐書煒一看到她，一個勁兒的一把抓住她。

鄭延熙跟著緊張起來，「怎、怎麼了？金元寶三號跑出來了嗎？還是四號？呃、呃，二號？」

徐書煒神情緊繃，誇張的吞了一口口水，預備了點頭的姿勢，卻在頭點下去的同時，說：「逗妳的，妳這白痴。」語畢，他露出壞笑。

鄭延熙這小心臟都要跳出來，差點喪命了啊！

「誰讓妳一大早臉色就這麼陰沉，想嚇死誰？」徐書煒聳聳肩，沒把鄭延熙的生命安全放在心上。

早自習前幾分鐘，班上同學陸陸續續進班。

上次校慶糖葫蘆節八卦鄭延熙和蔡慶元的同學，也在這時候進教室，他一看到鄭延熙，臉上堆滿歉意，不好意思的說：「欸，鄭延熙，妳跟社長還真沒在一起，上次誤會你們了，抱歉啦。」

鄭延熙的腦袋「喀登」一聲，彷彿有東西斷裂開來。方才與徐書煒鬥嘴的笑容瞬間凝在嘴角。她佯裝鎮定的問：「什……什麼意思？」

「什麼什麼意思？」八卦同學一臉茫然，「你們沒有在交往不是嗎？」

「不是啊，啊你麼會突然說這個？之前不是還一口咬定他們有什麼？」徐書煒不知道是怎麼回事，比鄭延熙還激動。

「我剛剛來學校的時後，看到社長跟一個超正的女生在校門口那邊，他們拿著不知道是什麼的花在警衛室前面弄東弄西的，我聽見他叫她……叫趙什麼的，反正我沒聽清楚啦。」他想了想，又說：「看起來應該是在約會沒錯吧。」

有的時候，我們明明知道事情不能看表面、不能只聽一個人的片面之詞，但在當下腦袋卻沒辦法做出其他反應，唯一的選擇只有相信。

鄭延熙想起蔡慶元說過他不走回頭路，說過自己不可能與趙央重新開始，但是現在的她好混亂，她已經不曉得蔡慶元說的是謊話，還是眼前這位同學自己腦補了整個過程了。

再過不久就到了他們約定的時間了，鄭延熙心裡都還沒整理乾淨，該怎麼去見他？

感覺到自己的眼淚即將突破堤防，她深深吸了一大口氣，趕緊離開教室。

鄭延熙翹課了。

雖然這不是她高中三年來第一次翹課，卻是第一次因為情傷翹課。

她爬上頂樓，寒風一下子灌進骨子裡去，鄭延熙哆嗦了下，還是走到圍牆邊，身體微微前傾，俯瞰整座學校。

「學姊……妳怎麼在這裡？」一道嗓音從身後輕輕傳來。是徐善恩。

「善、善恩？」鄭延熙轉過身，撫了撫胸口，「嚇死我了，我以為是教官。」

「呵呵，學姊，妳做賊心虛哦？」徐善恩壞笑道。

「我還有什麼壞事可以做？」鄭延熙哭笑不得。

她們一屁股坐在地上，也不怕髒。

「很難說啊，」徐善恩指了指地上的菸蒂，「妳看。」

那瞬間，鄭延熙想起蔡慶元提出分手的那天。

他對她而言，從來就是嗆鼻的菸，她愈是渴望氧氣，就愈是吸得大口，然後漸漸的，就上癮了。

「學姊妳怎麼了？」

「嗯？喔……就……」

「感情的事對吧？」徐善恩打斷她。

鄭延熙小小的驚訝了下，露出無奈的笑容，「妳通靈啊？」

徐善恩被鄭延熙的反應給逗樂，笑問：「這年紀還能為了什麼事情煩惱啊？」

「那妳知道還問。」

「哈哈哈哈。」徐善恩大笑。「不過妳怎麼過這麼久了還在煩惱？」

「過了……很久了嗎？」鄭延熙有點失神。

「嗯，蠻久的，從考試前，一直到現在，都過了一整個寒假了。」

鄭延熙沒有注意到時間的流逝，沒有注意到自己究竟花了多少心思、時光，在「蔡慶元為什麼不愛我」這件事情上頭。

愛情太淺白，沒了心，就是真的不愛了。

「學姊，雖然我是局外人，但我還是想勸妳幾句。」徐善恩輕輕的勾起唇角，說：「雖然要在感情裡面取得完全的安全感真的很難，但對方若是連一點點都不願意給，讓妳整天擔心這個、擔心那個的，那妳就真的該好好想想，會不會其實他並不是能夠給妳最多幸福的那一個。」

▶ 就像被按了倒轉鍵，明明那麼多的蛛絲馬跡，可當時就是什麼也看不見。

第九章

他倆就好像在愛情裡熱烈燃燒後的餘燼，剛剛好落在一起。

學校放榜之後，鄭延熙的荒廢人生才真正開始。

放榜前還會因為怕面試不順利，追劇之餘還會「偶爾」念點書，準備指考。但放榜之後，鄭延熙考上M大的新聞系，雖然是備取第七，但由於M大的備取率幾乎是百分之百，所以鄭延熙一回家，就把書櫃裡的書全扔了。

她想起之前蔡慶元問她想考什麼科系？那時候她說戲劇系，但現在卻考上一個與戲劇完全沾不上邊兒的新聞系。鄭延熙太怕想起他，不敢填他們當初說好的戲劇系。

好不容易清空桌面，鄭延熙開開心心的把化妝品寶貝們整齊的擺放上來。她畫了點淡妝，換上前幾日剛買的新衣服。

出門前，她仔細檢查了大紙袋裡，那些應該歸還的東西。

高三生的日子在放榜之後通常比較自由，江義高中甚至希望已經有學校的學生可以請長假，盡量不要來學校打擾必須指考的同學念書。

鄭延熙這下可樂的，過去只有假日能來的淡水人潮洶湧，擠得不像話；現在她可以平日來這裡，難得一見的空曠老街，還真讓人不習慣。
她走進一間咖啡店，位在網路知名冰店……的旁邊。去年高二的時候，原本和安芮就是要去吃那家冰店的，但排隊人龍太長，天氣太熱，姊妹倆人汗如雨下，都是天生怕熱體質，於是毅然決然放棄冰店，走進一旁不怎麼起眼的咖啡店。
從那時起，她愛上這家店。
整間店的氣氛很好，運氣好的話，坐在窗邊的位置能夠看到整片海。
鄭延熙一上樓，便一眼望見了蔡慶元。
他沒有等她一塊兒點餐，而是自己先點了一杯榛果鮮奶茶和一份三明治。
一股酸楚從喉間竄出，鄭延熙深呼吸一大口氣，用力的嚥了口口水，才朝蔡慶元走去。
和服務生拿了菜單之後，兩人一言不發的各做各的事，蔡慶元吃他的三明治，鄭延熙翻閱菜單。誰都不願先開口。
「我要春天冰茶和提拉米蘇，謝謝。」
「雖然春天要到了，但是天氣還是很涼，喝冰的好嗎？」待服務生離開，蔡慶元蹙眉，字裡行間藏不住的關心流露出來。
鄭延熙怔了下，忍下想哭的衝動，才緩緩道：「沒關係的。」
兩人的鼻息間被尷尬盈滿，誰也沒想過他們會從過去的無話不說，變成無話可說。
「延熙。」
然後，他開口了。
「我們，分手吧。」

鄭延熙抬眸，對上他的眼睛。她看不清任何情緒。

「為什麼？」

「我們不適合。」蔡慶元淡淡的應。

「我們可能、可能只是走在世界上所有情侶都會走上的磨合期啊，而你連我們的價值觀、想法什麼的都不願意磨合……」

「延熙，妳冷靜——」

「蔡慶元，」鄭延熙打斷他，眼淚蓄滿眼眶，「哪有不經歷磨難就能夠刻骨的愛情？」

鄭延熙說的很輕、很輕，他不曉得這句話是在問蔡慶元，還是在問她自己。因為連她自己都明白，他們之間真的回不去從前，而她能做的，就只有放棄。就像一雙羽翼，其中一隻翅膀都不願意展翅，另一隻再怎麼用力揮舞，最後也會墜落。

蔡慶元被鄭延熙問得啞口無言，動作不自然的吸了口奶茶。

而他不說話，鄭延熙也不願多講，她心裡難受得像是有人拿刀在剮。好在這時候服務員送餐點上來，打破沉默。

「其實跟妳在一起時真的很累。」蔡慶元吞下口中的三明治，講得特別清楚。

「跟我在一起……很累？」鄭延熙幾乎不敢置信。他也許永遠不會曉得這句話有多麼傷人。

「妳不是也知道嗎？我們從一開始就是錯的。」他嘆口氣，「我們不能再繼續下去了。再這樣下去，到最後妳會受傷得更深更痛。」

他的字句宛如石膏一般，冰涼而蒼白。而鄭延熙一直到這一刻才真正正視這個在他倆心中突起的疙瘩。

她好像領悟了些什麼、明白了什麼，卻又好像什麼都不知道。

好空虛。

雖然很不想就這麼承認，但愛情原本就是各取所需。如果我說我被他的某個特質吸引，大多時候就是因為我需要她的那個特質。

因為需要，所以走在一起。

「我知道了。」她吸了吸鼻子，喃喃自語。

「什麼？」

「我說，我知道了。」鄭延熙深吸一口氣，說：「分手吧。」

在鄭延熙終於說出「分手吧」三個字後，他們沒再講一句話。好不容易用餐結束，蔡慶元從背包裡拿出一只盒子。

「這個……還給妳。」他將盒子地給鄭延熙。

「這什麼？」鄭延熙心頭一熱，打開來瞧。

那瞬間，她慌了。

裡面是鄭延熙以前做給蔡慶元的卡片、路過手工藝品店時心血來潮買給他的音樂盒、兩人去看電影的票根……

她為自己方才燃起的一絲希望感到羞恥又可笑。

「為什麼要還給我？」鄭延熙發現自己的聲音很沙啞。

「因為我們分手了。」蔡慶元清了清喉嚨，又道：「對了，我的外套好像還在妳那裡，妳再找時間還我。」

為什麼她覺得蔡慶元這句話像是在對她說「我們的租約到期了」呢？

鄭延熙突然覺得，他們在一起的那段日子，就好像是她租了一間房子，這個房子給她遮風擋雨，給她溫暖，然而租約到了，她必須將這一切全數歸還。

「不用再找時間了，」鄭延熙將紙袋遞給他，「你的外套，還給你。」

蔡慶元凝視著她，就像最初見面那樣。那眼神好溫柔，溫柔到讓鄭延熙不知所措，不知道她為何要用柔情似水的雙眸，向她提出「分手」二字。

他們背包裡放著曾經交予對方，如今又歸還回自己手中的東西，那些東西是回憶，也是累贅。甜的是回憶；痛的苦的，都是累贅。

他們安安靜靜的肩並肩走，一直走，走到海的面前，汪洋的蔚藍的海的面前。

「十七歲時喜歡上的人，會是這輩子最愛的人。」

鄭延熙聽著他雲淡風輕的吐出這句話，胸口悶得難受。

他早就過了那樣青春的年紀，而她正在經歷那樣的時光。

他倆沒有牽手，也沒有誰靠在誰的肩上，只是靜靜地坐在一塊兒，讓溫熱鹹濕的海風發瘋般的吹亂頭髮。

鄭延熙當然知道他的下一句話是什麼，可她才不要哭，至少在這一刻，她希望自己看起來是個成熟面對感情的人，是個提得起也放得下的世故的人。

然後，他跟她道了歉。

「得了吧，現在說這些都於事無補。」鄭延熙啞著嗓子說。

分手的理由有成千上萬種，終歸就是那句——我不愛你了。

離開前，她望著他眼裡的悵然若失，心裡頭堵塞得說不出話來。

她想這就是愛情吧？你捨不得我，我也捨不得你，但最後我們什麼也沒說。

原來他們都是在愛情裡熱烈燃燒後的餘燼，剛剛好落在一起。

就只是，剛剛好，落在一起。

*

鄭延熙佇足在校門前，蔡慶元的身影一下子湧進腦海。

她明明做好了萬全的準備去迎接這一天，劃清界線的當下，鄭延熙甚至沒什麼特別的感想，只覺得心很空，同時鬆了口氣。

可是當她走到這裡，走到蔡慶元經常出現在她眼前的地方，她竟鼻子一酸，失控的大哭起來。

她覺得自己的心被蔡慶元帶走了一半，不，不只是心，蔡慶元帶走了她好多東西，包括她的笑、她的喜怒，只留下鹹濕的眼淚，讓鄭延熙在夜深人靜時有所陪伴。

與蔡慶元共處的日子不斷重複播放，她像是看了好久好久的免費電影，看著別人的愛情，一場與她無關的愛情。

她蹲在地上哭了不知道多久，總之她累了。失戀的人很容易疲倦的，因為常哭。

鄭延熙慢慢地想起與蔡慶元第一次見面、第一次坐上他摩托車後座、第一次去公園散步、第一次通電話，想起蔡慶元送給她的那支糖葫蘆、請她吃的甜點，還有像爸爸的寬厚的背。

她想起了好多好多事情，明明和蔡慶元在一起的日子不算長，但熱戀中的兩人卻總覺得每一刻都像蜂蜜一樣，因為太濃而流得很慢很慢。而分手後，時間也很慢很慢。

鄭延熙幾乎是用爬的去找那個他們第一天見面時，偷偷在校門上刻下的名字。她眼睛不斷搜索著、雙手摸索著，良久，才終於找到。

剛在一起沒多久時，鄭延熙在蔡慶元的名字旁畫了一半的愛心，原本想著等她畢業了，要帶蔡慶原來把另一半的愛心畫上，把這份愛情完整。

但是，這份愛情不但沒有被完整，她看到他們的名字下面，刻了一句「對不起」。

鄭延熙無助的緊抓著校門的鐵欄杆失聲大哭，儘管路過的人都在看她，她也無所謂，她真的好痛苦，痛苦到只剩下自己。

對不起。

他們之間，竟是用這三個字劃上句點。

＊

「再——來——一杯！」

安芮抓住鄭延熙拿著酒杯高舉亂晃的手，不耐煩道：「媽的，好啊，再來一杯，喝死妳、醉死妳好了。」

「芮芮……我就這麼不值得他挽留嗎？」鄭延熙哀號。

聞言，安芮翻了記白眼，「幹嘛講得好像是妳甩了他一樣……」

「嗚哇哇哇哇哇——」

「夠了夠了，妳給我適可而止喔！」

「我不要！」鄭延熙吼回去，「我是被拋棄的人耶！快點關心我啊！」

這間酒吧雖然不怎麼安靜，但鄭延熙的音量也足夠引起其他人側目了。

所以說啊，失戀可以，買醉也行，但千萬不要把自己搞得太狼狽，這樣才是真正的輸了。

「好好好，鄭延熙，妳成功的讓大家關心妳了。」安芮將頭髮往後撥，掏出手機查看時間，「靠，都這個點了。」

她看了看淚流滿面的鄭延熙，心裡明白她有多難過。安芮開始後悔自己當時介紹他倆認識，如果不是因為這樣，也許鄭延熙就不會有今天。

結果一直到了凌晨十二點多，鄭延熙還是不回家，最後徐書煒和楊日辰都來了，誰讓他們心裡都放不下那麼一個人。

「我們都說好要一起、往前——」

「妳說什麼？」聽不清鄭延熙含在嘴裡的字句，楊日辰將耳朵湊近她嘴邊，試圖聽清。

沒想原本趴在桌上的鄭延熙突然跳起來，同時大力拍桌，還自行配音，「碰」的一聲，鄭延熙和楊日辰都不怎麼聰明的頭殼撞在一塊兒。

「呃啊啊啊啊！妳瘋了啊？」楊日辰捂著腦袋瓜慘叫。

鄭延熙倒是沒什麼感覺似的，搖頭晃腦地繼續哼唱：「我們都說好要一起往前，我們的故事沒有終點，忘了那些累贅。和從前的浪費，重新往前……」

聽見鄭延熙模糊的歌聲，楊日辰心跳停了一拍，接著唱道：「我們都說好要一起改變，改變我們對這個世界，所有的不了解——」

「你幹嘛唱！」鄭延熙使力的往楊日辰的肩上打了一下，「那是我叫蔡慶元去聽的歌……你、你幹嘛唱！你以怎麼可以唱！」她越講越大聲，最後眼淚又流了下來。

再怎麼諒解她的處境，楊日辰還是會受傷的。畢竟他喜歡她，愈是喜歡，就愈容易受到傷害。他突然覺得好生氣，鄭延熙怎麼可以在他面前表現出對前男友念念不忘的樣子？不對，她為什麼要對前男友念念不忘？蔡慶元對她如此，而她卻在這裡難過，蔡慶元知道嗎？他知道她為她流了多少眼淚、喝了多少瓶酒、失眠多少個夜晚嗎？

佔有慾逐漸膨大之際，當楊日辰看見鄭延熙掛在眼睫上的淚珠子，卻又心疼起來。

「不要難過了。」楊日辰柔聲道。「這樣多不給我面子啊。」

「我真的很喜歡他……嗚嗚嗚……」鄭延熙說完，又大哭起來。

鄭延熙挨著楊日辰的肩，腦子一邊播放CROSSROAD的〈在我們都遺忘之前〉，一邊上映她與蔡慶元的種種。分手後的日子裡，那些和他擁有過的過去，不管是喜是悲，都不斷的重複放映。

鄭延熙總是會先想起蔡慶元抽菸的樣子，接著想起他寬厚的背；先想起他不耐煩地掛斷電話，再想起他站在校門口等她放學；先想起他不願承認兩人的感情，然後又想到蔡慶元送她到家時，給她的溫暖的擁抱。

鄭延熙不曉得自己為什麼老是那樣，她也好想停止這種反覆無常的行為，可是不知道為什麼，蔡慶元像是刺青在她腦海裡的圖騰，不管她怎麼用力、怎麼努力，他的輪廓依舊那麼深、那麼令她疼痛。

其實鄭延熙是知道的。

他們分手，並不是他哪裡不好，也並非她做錯了什麼。

蔡慶元一直都是那樣溫柔待她，直到分手時，都是那樣溫柔。

只是他們在彼此的人生裡，錯放了段落。

*

鄭延熙渾渾噩噩的過了好一段時間，她不知道過了多久，反正分手之後的日子，都像是同一天。

後來她找了一份打工，在家附近的SUBWAY上班，外號CC。她要求店長把自己的班盡量排滿，晚班也行。總歸她就是試圖以忙碌填滿生活的空白，不要太常想起他，就好。

偶爾安芮跟徐書煒會去探班，楊日辰甚至抱著複習講義到店裡去，既然SUBWAY沒有所謂的用餐時間，那麼他就坐在那裡待好待滿。

「欸，鄭延熙，你們這裡的員工餐都吃什麼啊？便當嗎？」徐書煒好奇的眼睛閃閃發亮。

徐書煒瞞著家裡偷偷在加油站打工，每天的員工餐就是便當。不知道為什麼，現在朋友們之間打工除了比較時薪，連員工餐都開始比了。

鄭延熙抬了抬下巴，「就吃這些啊，想加什麼料都可以。」她故意省略要付錢的部分，目的是要讓徐書煒羨慕。

「靠，妳認真？」徐書煒驚呼，羨慕道：「好爽喔，那我也要來你們這邊打工。」

「會被你吃垮。」安芮冷冷地應。

「好啦好啦，都別吵，給我安靜點。」鄭延熙忽然厲聲道。

徐書煒一臉莫名其妙，而安芮立馬懂了。

鄭延熙指了下坐在角落位置的楊日辰，小聲地說：「人家學測生在認真念書，不要干擾他。」

「幹嘛大驚小怪啊？這裡又不是圖書館。」徐書煒抱怨。

鄭延熙差點要肘擊他，礙於店花形像，又穿著制服，鄭延熙只好把想揍人的衝動硬生生壓回去。

晚上六點左右，安芮和徐書煒約好要吃飯，所以先離開了，店裡只剩下鄭延熙和另一個跟她搭班的同事，還有坐在角落的楊日辰。

「CC，他是不是妳男友啊？」外號Andy的同事問。

鄭延熙心不在焉的蹙起眉宇，「誰？」

「一整天坐在那裡用功的同學啊！」Andy壞笑道：「不是男朋友的話，那就是追妳的人囉？」

「你不要亂講！」鄭延熙瞬間回神，精神抖擻起來，「我們只是好朋友啦、好朋友。」

「男女之間沒有純友誼。」

「怎麼會沒有？我們兩個就是。」

「我要點餐。」楊日辰的聲音突然出現在櫃檯附近，把鄭延熙和Andy給結結實實的嚇了好大一跳。

所以說人在做，天在看，上班偷懶是不可取的，瞧瞧他們那緊張兮兮的心虛模樣，嘖嘖。

「這是你今天吃的第幾個啊？」鄭延熙隨口問，「我幫你用員工價結帳吧，想吃什麼都可以。」

「真的假的？」楊日辰臉上露出欣喜笑容。

鄭延熙「噗哧」一聲，笑了出來。眼前的楊日辰像極了小孩子，因為得到想要的玩具而綻放笑靨。

「真的。」鄭延熙切好麵包後，問：「有不吃的肉嗎？菜呢？」

「肉都吃，菜的話……我不吃橄欖，其他都行。」

鄭延熙似乎沒有發現楊日辰望著自己的神情，但是Andy看見了，楊日辰的眼睛像是被一層月光包覆，那樣柔情。

難道這就是所謂的「當局者迷，旁觀者清」？

這呆瓜鄭延熙不會真的不知道楊日辰喜歡她吧？

Andy看看楊日辰，再看看鄭延熙，搖搖頭，回到休息室去。

「其實你不用等我下班的。」鄭延熙拉了拉帆布包，「都快十二點了。」

這個時間的人行道上幾乎沒甚麼人，店家也都紛紛打烊，除了馬路上偶爾幾輛車子經過，這個夜晚還算寧靜。

「不累嗎？」楊日辰問得很輕。

「累啊，超累。」鄭延熙嘆口氣，打工之後才知道賺錢的辛苦。

楊日辰深了個懶腰，說：「我以前下班啊，都會希望有個人陪我。真的太累了，因為累，所以更不想一個人。」

鄭延熙的臉頰悄悄紅通通一片，沒有回話。

而楊日辰便自顧自地繼續說下去：「而且我待在那邊又不是沒事做，我可以唸書啊。而且說真的，這還挺不賴的，內用的人不多，不會太吵。」

此話一出，鄭延熙都不好意思告訴他，就是因為他在讀書，她跟Andy才不敢在店裡沒人的時候大聲嚷嚷。

「呃，那個……延、延熙，」楊日辰沒有理會鄭延熙驚訝的目光，「失戀很痛苦，很難受，甚至很想死，我都知道。但是這些都不應該讓自己的生活變得不堪，成為需要別人同情或是憐憫的樣子。」

鄭延熙想起蔡慶元曾經對她說過，和張中奕分手之後的她，一定有所成長。他說這樣的她，很好。

那麼現在，與蔡慶元結束戀情的鄭延熙，是不是也該抬起頭來，挺胸，重新邁開步伐往前進了呢？

*

畢業前兩周，這些出去放風的準大學生們開始變得愛上學了。

人很奇怪，總是非得到了離別時刻才知道珍惜日子，學測前大家巴不得請長假出去念書，放榜後可以請長假大家也開心的不得了，可現在，畢業倒數兩周，卻全部自動自發的來學校了。

鄭延熙拎著早餐進教室，目光輕輕的撫過一遍這個教室，心裡頭特別感慨。雖然班上四十幾位同學，與她交心的不過只有安芮和徐書煒，但卻也免不了燃起一股捨不得的情緒。

「各位同學吼，我做了你們兩年的班導，其實說吼，時間說長也不長，說短吼，也不短……」

班導在台上感性的發表帶班兩年來的感言，這時，徐書煒在台下悄悄拿出紙筆畫記。

「你在畫什麼東西？」鄭延熙探頭問。

「我在記他這堂課講了幾個『吼』。」徐書煒頭也沒抬的說，比念書還專心。

基於尊重台上講話的班導，鄭延熙不敢笑出聲來，憋笑到肚子疼。

「喂！鄭、鄭延熙，金元寶三號跑過去了！」安芮突然朝鄭延熙大喊。「腳！妳的腳！在腳那裡！」

「不是三號，那是一號啦！」有同學一邊追了過來，一邊糾正安芮。

爸爸媽媽替自己孩子取的名字是上天賜予的禮物，念錯是很沒禮貌的。但此時此刻，鄭延熙哪還管得了那麼多，管他幾號，老鼠都是她的敵人。

鄭延熙尖叫，慌慌張張的亂踢一陣後爬到椅子上。

「芮芮芮快點救我！」

「鄭延熙妳不要大驚小怪好不好？」同學很沒同情心的抱怨。

「零食啦！鄭延熙，妳座位底下好像有零食的屑屑牠才會跑過去。」

「叫妳不要吃得到處都是了吧。」

「安芮妳看他們啦！」鄭延熙大叫，欲哭無淚。

「好了啦，妳冷靜一點。」安芮揉揉耳朵，「嗓門有夠大……」

放學後，鄭延熙和安芮相約晚餐，徐書煒說是家裡要開家庭會議，必須先行離開。

「都什麼年代了還有家庭會議。」從小活得優游自在的鄭延熙十分困惑。

徐書煒扔下一句「妳這個不食人間煙火的傢伙」後，英姿瀟灑地離開。
「神經病。」安芮忍俊不住，笑起來。「走吧，要吃什麼？」
「滷肉飯？突然很想吃。」鄭延熙翻看錢包，「而且我今天只帶了一百塊，吃不了甚麼東西。」
唉，現在這個經濟不景氣的社會，即便有打工，對學生而言一百元的晚餐仍然太奢侈了。
「滷肉飯嗎？」安芮想了想，說是知道學校附近有一家挺不錯的，在巷子裡，位置挺隱密，前幾天徐書煒帶她去吃，她才知道那裡有一家小吃店。
鄭延熙不知道是放錯重點，還是特別會抓重點，壞笑問：「妳跟徐書煒最近處得不錯喔。」
安芮走著走著，差點被鄭延熙這句話給絆倒，「說什麼奇怪的話啊……」她想了想，又自嘲的說：「我們關係本來就不單純啊。」
「他喜歡妳耶。」
「蛤？」
「他喜歡妳啊，徐書煒喜歡妳。」鄭延熙眼神真摯地說。
「我知道啊。」安芮一臉「幹嘛又提」的表情，不爽的看著鄭延熙。
「欸，他上次還跟我說要再跟妳告白一次，原來還沒喔？」
徐書煒那小子，到底要幫他到什麼地步啊！
時間往前推兩個小時，打掃時間鐘聲一響，徐書煒拿著掃把和掃帚來到鄭延熙的掃區，手上還多了瓶巧克力牛奶。
「喏，給妳的。」

無事獻殷勤，非姦即盜。鄭延熙用屁股想都知道徐書煒有事相求。

「怎樣？怎麼突然對我這麼好了啊，徐書煒先生。」由於非常確定對方有求於自己，鄭延熙開始擺起架子來。瞧瞧，她這根本是用鼻孔看人的。

「妳到底有沒有跟安芮多說些我的好話啊？怎麼我對她百般順從，她卻無動於衷。」徐書煒搔搔後腦杓，收起平時的吊兒啷噹，看得出來他是真的苦惱。

鄭延熙一臉莫名其妙，「我為什麼要幫你說好話啊？我收了你什麼好處嗎？」

「小姐，我聽妳說了那麼多心事……有很多嗎？好啦，不管，總之朋友之間幫點小忙不為過吧？我怕我說錯話踩到安芮的地雷之類的。」

「感情這種事情，是容不下別人插手的。」鄭延熙緩緩道，她立刻想起了蔡慶元。「你只能自己幫自己。」

世界上哪有什麼事情是能夠靠著別人的幫忙而順利達成目的的呢？就算達成了，之後也還有很多尚未揭曉的難關，所以更多時候，我們只能自己幫自己。

「這一路上當然會犯錯，可是也唯有犯錯，才能知道自己需要改進的地方在哪裡啊。」

就像當時安芮從不插手她和張中奕的爭吵，就像她和蔡慶元的分手。都只是兩個人的事情，身邊的人就算再氣憤、為誰而打抱不平，都沒有說話的餘地，更沒有評斷是非對錯的資格。

談戀愛啊，千萬不要害怕犯錯。

你要自己去了解對方，而不是透過他人口中得知；要親身去體會每一種無論是快樂，還是悲傷憤慨的感受。因為那些感覺不會消失，它們會成為一個個傷口，那個時候，你便會曉得該如何去包紮一個傷口。

「鄭延熙，不要突然變得這麼懂事，妳被什麼東西附身了嗎？」徐書煒縮縮身體，斜眼瞄她。

鄭延熙忍不住翻了一記白眼，咬牙道：「我是絕對不會幫你的。」

話雖這麼說，但其實鄭延熙心底是很放心將安芮交給徐書煒的，徐書煒的人品鄭延熙不是不知道，表面上雖然頑皮了些，與安芮相比，似乎幼稚了點，但鄭延熙明白，徐書煒是真心對安芮好的。他真的很喜歡她。

……嗯，這話聽上去怎麼有種媽媽嫁女兒的感傷？

「喔，還有，」鄭延熙離開前，非常慎重的對徐書煒說：「其實我都喝草莓牛奶，不是巧克力牛奶。」

*

失戀的那段時間，鄭延熙過著失眠的生活。她只要一閉上眼睛，就會想起蔡慶元，接著雙手不受控制的打開手機，翻看蔡慶元的Facebook和Instagram。即使她知道，再怎麼翻，都不會翻到自己的身影；再怎麼看，他們之間都翻不回從前。

「記得別難過太久，睡不著可以像上次那樣打電話給我。」

「幾點都沒關係喔？那我要凌晨四點打給你。」

「行。」

然後，她就會打電話給楊日辰。

「怎麼啦？」

楊日辰的聲音懶洋洋的——廢話，凌晨四點多被一通電話吵醒，最好有人會精神抖擻的。

「我睡不著。」鄭延熙簡單明瞭的說明撥打電話的目的。

「妳這是擾民的行為妳知不知道。」

電話另一端發出沙沙聲響，鄭延熙知道楊日辰從被窩裡爬起來了。他現在也許正把枕頭立起來靠在背後，然後調整出一個最舒服的姿勢。

很奇怪，明明看不見楊日辰，鄭延熙卻能猜到他的一舉一動。

「我跟妳說一件很可怕的事。」楊日辰壓低嗓子，「熬夜通宵會水腫，黑眼圈明顯，眼球脹痛。」

「我知道啊。」

「想聽更可怕的嗎？」

「說。」

楊日辰用氣音說道：「還會變胖。」

「靠！」鄭延熙大叫，「你怎麼現在才說啊！」

「妳怎麼現在才睡啊？」楊日辰不甘示弱，「都幾點了還不睡覺，我跟妳說啦，這樣是減不了肥的，小心到時候畢業典禮變胖又水腫，胖上加胖。」

「我睡不著啊。」鄭延熙特別委屈。

楊日辰嘆口氣，「又想到他了嗎？」

「嗯。」

耳邊靜默了幾秒後，傳來楊日辰微微沙啞的歌聲——

這是第幾天　還停在原地繞圈
等待新的機會　望著窗外的天邊
望著所有記載的畫面
就算不能更遠
也得把握剩下的時間
在我們都遺忘之前　向著我們憧憬的畫面

我們都說好要一起往前
我們的故事沒有終點　忘了那些累贅
和從前的浪費　重新往前

（〈在我們都遺忘之前〉詞：李柏樂，曲：李柏樂、張孝駿）

鄭延熙聽著聽著，眼淚不自覺滑入枕頭裡。

「鄭延熙，妳很好，妳真的很好。我很喜歡這樣的妳，所以請妳不要悲傷，我會陪妳一起面對所有難關，和妳一起往前。」

「……你為什麼要對我這麼好？」鄭延熙心裡五味雜陳，沒想脫口而出竟是這句話。

「對自己喜歡的人好，沒有理由。」楊日辰說得很理所當然，「好了，很晚了，我該睡了，妳也早點睡。」

「嗯？喔、喔，好……」鄭延熙被楊日辰這番話給打亂心緒，結巴起來。

「晚安，祝好夢。」

「你、你也是，祝好夢。」

那天晚上，鄭延熙睡得特別沉、特別香。

她知道的，所有悲傷過後，就是更好的自己了。

所以，在她遺忘之前，她會好好地體會這些令她難受的感覺，好好的受傷，好好的療傷。

總有一天，她會忘了那些累贅的。

＊

現在是星期日的清晨五點半，江義高中所有高三生聚集在學校的大門口前活動筋骨、裝水，並領取待會的必需品——

江義高中的老師們不知道是哪根筋不對，為即將成年的高三生們準備了一場四十二公里——全碼馬拉松，美其名為成年禮，講難聽點就是折磨。

當然這對熱愛運動的人而言沒什麼，甚至可以說是個天上掉下來的禮物，畢竟去外面參加馬拉松都要繳錢的，還不便宜。但對鄭延熙這種只會偶爾在家裡做做有氧運動、高三離開社團之後就再也沒有健身的人來說，簡直是個晴天霹靂的消息。
聽說主辦的老師是什麼馬拉松協會的會員，特別為這屆高三生舉辦這樣特別的成年禮，馬拉松前一周更是辦了一場說明會。
「他們肯定是瘋了。」鄭延熙抱怨。
「沒想到這天還是來了，該來的還是會來。」徐書煒語帶哭腔的說。
安芮到沒特別感想，繼續拉筋。「反正學校說什麼就什麼吧，聽說沒跑完班導還不會發畢業證書。」
「萬一我中暑呢？」
「對啊，我昨天看氣象預報，今天氣溫最高達到三十八度耶。」
鄭延熙和徐書煒互看一眼，果然這種時候兩人是在同一條船上的。
「中途會有休息站。」安芮睨了他們一眼，「通知單上都有寫，到底有沒有看啊？」
「徐書煒啊……你倒是……倒是等等我啊，」不知道跑了多遠，鄭延熙現在只覺得生無可戀，「剛剛不是說好要一起用走的了嗎？」
徐書煒回頭，原地小跑步，「可是安芮在前面啊，我得追上她才行。」
「你說話不算話！」
「那當然，別忘了我可是個見色忘友的人。」不知道這有什麼好得意的，總之徐書煒一臉得意洋洋，說完就跑離鄭延熙的視線範圍了。
還真是真愛無敵啊，臭小子。

安芮也真是的，為了畢業證書可以拋下她倆長達三年的友誼……

實在是愈想愈悲催，愈覺得生無可戀，這什麼莫名其妙的成年禮啊？說明會上講得彭湃激昂，好像跑完這場馬拉松就是成功的人生似的。

並不會啊！跑完這場只會讓全江義高中的學生半身不隨！

▶因為我們還年輕，還能犯錯，還能盡情揮霍時光。

終章

她知道，當她不再執著於傷痕，那些累贅，終會成為生命中的點綴。

鄭延熙跑了幾公里後，便開始盤算自己的家產該如何平分了……嗯，老實說她也沒什麼家產，就是那本小小的存摺本，是時候交到弟弟手中了吧？瞧瞧鄭東禹那摳到不行、愛錢愛到骨子裡去的性子，心裡一定高興地坐起雲霄飛車了吧……

她既絕望又沮喪的胡思亂想著，忽然——

「鄭延熙！」

她倏地停下腳步。

「幹嘛突然停下來？這樣對心臟不好，跑起來跑起來，繼續跑！」楊日辰出現在身邊。

鄭延熙驚訝得說不出話來，聽從楊日辰的指令：跑起來。

過了半晌，她才回過神來，問：「你怎麼來了？」

「我本來要送紅豆水去妳家，想說妳昨天這麼晚睡，結果鄭東禹一開門就說妳出門了。」楊日辰蹙起眉宇，小聲抱怨道：「妳都沒跟我說妳學校今天有活動。」

天啊，這模樣太犯規了吧！有夠可愛！

「我、我哪知道你今天會來找我啊？你也沒告訴我你今天早上要來啊，彼此彼此。」

「不管啦，以後有什麼事情都要跟我講。」楊日辰耍起小孩子脾氣來。

也不曉得鄭延熙有沒有發現，這趟堪稱江義高中學生的「天堂路」，在楊日辰出現之後，似乎變得沒有這麼累、這麼想放棄了。

當然，或許是因為終於有同伴陪她一起完成任務，而不是她獨自一人孤軍奮戰，所以才會輕鬆了一點。

但鄭延熙卻覺得，是因為那個人是楊日辰，是那個總是讓她放下心來的楊日辰。要是現在陪在她身邊的是不認識的陪跑義工，她大概依然會感到生無可戀吧。

好不容易到了第三個休息站，鄭延熙看到滿桌的橘子，毫不猶豫地衝上前，一顆接著一顆剝來吃，而楊日辰則拎著自己和鄭延熙的水瓶去裝水。

「慢慢吃，別噎到了。」

「我知道啦。」鄭延熙邊吃邊說：「這橘子很好吃耶，你也吃點，超甜，讚爆。」

楊日辰對鄭延熙這極力推薦自然是恭敬不如從命了，「嗯，好吃。」

「你先吃，我去趟廁所。」

臨時廁所在距離休息站約莫五公尺的地方，照理說很難走錯路。但誰知道呢？路痴就是路痴，對路痴來說所有路都長一模一樣的。

是的——鄭延熙迷路了。

如果說回程迷路就算了，她在去的路上就迷路了，現在正處於憋尿與迷路的慌張狀態。

更慘的是，她現在身處山區，手機沒有半格訊號，沒法連絡別人來找她。

大概過了二十分鐘，不能說已經不緊張了，而是習慣了緊張的感覺，所以鄭延熙開始思考，到底要不要現在旁邊的草叢「解放」一下呢……

就在她猶豫之際，身後突然傳來急促的腳步聲。

鄭延熙心想，不會這麼衰吧？憋尿就算了，迷路也算了，最好不要給我在這裡遇到什麼老鼠喔！

但是當她轉身，望見那道熟悉的身影，眼淚無預警的掉了下來。

楊日辰一看到鄭延熙，二話不說，快步上前將她擁入懷裡。

「嗚哇啊啊啊——」心頭的緊張一放下，眼淚也爭相湧出眼眶。鄭延熙的臉埋在楊日辰胸膛，發洩似的大哭。

「媽的，鄭延熙，妳是上廁所上去哪裡看風景啊？」

雖然楊日辰爆粗口，但這話任誰聽了，都明白他有多擔心她，以及，他有多麼慶幸自己找到了她。

這場溫馨感人的重逢戲碼沒有維持太久，鄭延熙不好意思的推開楊日辰，說：「我想上洗手間了。」

什麼洗手間？楊日辰簡直哭笑不得，「……妳還沒尿？」

「我就找不到廁所咩！」鄭延熙氣急敗壞的坦白。人家是女生耶，講話給我留點餘地喔。

好在楊日辰脾氣夠好，當然也是因為夠喜歡她，所以不管她模樣如何，在他心中都是可愛的。這就是傳說中的「情人眼裡出西施」。

鄭延熙和楊日辰根本忘了自己是怎麼跑到終點的。

總歸他們跑回終點時，其中兩個義工拉起紅繩，等他倆跑過去——於是他們也就意思意思的用肚子碰了下紅繩，然後校長出現，給他們戴上花圈，硬要拉起他們的雙手舉高拍照。

好的，讓我們把時間快轉十分鐘。現在鄭延熙癱軟在地上，不發一語。而楊日辰則去盛學校提供的綠豆湯。

「冰的嗎？」鄭延熙兩眼放空。

「溫的。」

「我不喝。我只喝冰的。」她斬釘截鐵道。

但過沒多久她就投降了。看看楊日辰吃得津津有味的模樣，好像那碗綠豆湯是五顆星評價的湯品似的。

「鄭延熙，結果妳比我們還早跑完？」安芮驚呼，「楊日辰？你怎麼會在這裡？」

「我來陪跑啊。」楊日辰說話的時候連眼睛都沒睜開，看來是累壞了。

這時候班導師還不死心地拿著一台相機，鏡頭對著鄭延熙問：「鄭延熙，跑完的感想是什麼啊？是不是很有成就感？」

鄭延熙將浮上腦海的第一句話「去你的成就感」吞回去，深吸口氣，說：「對，從來沒想過自己可以完成任務。」

「會很累嗎？」班導又問。

這個問題真是問得鄭延熙滿頭問號——哈囉？老師，我現在難道看起來生龍活虎嗎？

所以說啊，網路酸民們說什麼「小時不讀書，長大當記者」，這句話是錯的，就算讀萬卷書行萬里路，還是很有可能問出相當白目的問題。

「累死了，累爆了。」徐書煒搶著答，「我還是讀書好了，運動太辛苦了，還是讀書好了⋯⋯」

「哈哈哈哈哈。」在場所有聽到這句話的人哈哈大笑。

「既然這麼累、這麼辛苦，為什麼最後還是撐過來了呢？」

是啊，為什麼最後還是撐到最後呢？

鄭延熙望向坐在一旁的楊日辰，心中一股暖流悄悄流過。

她知道，他便是那個答案。

*

畢業典禮當天，平時邋遢的高三生們個個玉樹臨風美若天仙，果然這個時代裡，素顏是件了不起的事啊！

鄭延熙一到學校，便找班長徐書煒領了胸花。

「我幫妳別吧。」安芮接過鄭延熙的紅色胸花，非常細心地替她別在制服的口袋上。

「謝啦。」

「吃早餐了嗎？」

「吃了，鄭東禹今天有做早餐。」

「哎呦，不錯喔，長大了嘛！」安芮笑道。「欸，鄭延熙，雖然我們以後不能像現在這樣天天見面，畢竟大學不一樣了。但如果有什麼事一樣可以找我，我都會在的。」

實在不想把氣氛搞得太悲傷，鄭延熙收拾好情緒後，打趣的問：「那沒事可以找妳嗎？」

「不行啊！」安芮挑眉，露出欠揍的表情。

不久後，早自習鐘聲響起，班導打開投影幕，播放影片之前，和全班同學說了幾句話。

「既然今天是各位身為江義人的最後一天了，那麼我就老實說吧。」班導清了清喉嚨，板起臉來，「真的不是我在講，你知道你們高二分班上來，我有多恨老天爺讓我帶到你們這個班嗎？叛逆的叛逆，遲到的遲到，翹課的翹課，缺考的缺考，吵的吵，鬧的鬧……胖的胖醜的醜。」

聞言，全班哄堂大笑。

「但是這兩年之中，你們長大了不少。真的，你們真的長大了，老實說我看著你們一點一點慢慢的變好，然後更好，老師我心中那個欣慰啊……」

「老師，你再講下去鄭延熙要哭了。」班上男生開始沒個正經。

「我哪有啊！」

「好啦好啦，都給我安靜，你們這些乳臭味甘的屁孩。」班導師點了下滑鼠，「大家先看影片好了，我並不打算讓你們在這時候哭。」

語畢，班上又是一陣笑聲。

影片是她們從高二開始，大大小小的班級競賽、社團表演、校慶擺攤、畢業旅行，一直到他們高三埋頭苦讀的各種照片，還有很多班導師趁班上同學上課睡覺時偷拍的醜照。

背景音樂是CROSSROAD的──〈在我們都遺忘之前〉。

其實道包導師播影片之前，鄭延熙都覺得還好，心裡沒什麼特別感覺──沒有感傷，沒有惆悵，更沒有捨不得。

但是當她看著這一張又一張被收集起來的點點滴滴，加上這首歌，鄭延熙卻忽然覺得鼻尖發酸。

「來來來，重頭戲來了。」

回顧結束，緊接著的是上個禮拜她們跑馬拉松的影片。

——不只鄭延熙，大家已經不敢想像鏡頭前的自己會有多狼狽了。

影片在徐書煒叫著「還是讀書好了」後製重複三次之後結束，全班鴉雀無聲。

已經有人開始哭了，但鄭延熙還不想哭，她才不要和別人一樣，這個時候就開始掉眼淚。

江義高中的體育館已經夠小了，畢業生加上家長朋友們，整個體育館被擠得水洩不通，放眼望去都是人頭。

鄭延熙和安芮找了位置坐下，頒獎頒很久，表演又很無趣，她倆所幸背靠背，做人生當中最有意義的事情——睡覺。

「鄭延熙！鄭延熙鄭延熙！」

「幹嘛啦？我在睡覺徐書煒你又幹嘛了——」鄭延熙定睛一看，「楊日辰！鄭東禹！」

徐書煒火辣辣的眼神從遠處射來，「鄭豬，誣賴我是吧？」

本來徐書煒還要繼續講下去的，畢竟跟鄭延熙鬥嘴是他生命中的一大樂事，但話才到嘴邊，就被鄭東禹殺氣騰騰的目光給強迫吞了回去。

「吶，給妳準備的。」楊日辰遞給鄭延熙一束花。

「好漂亮！」鄭延熙驚嘆。

那是一束乾燥花，深粉和淡粉交錯的滿天星與兔尾草簇擁著純白棉花，根本是身為少女都會愛上的花束啊！

都說是身為少女都會愛的了，於是少女心爆棚的鄭延熙問：「這些花有什麼花語嗎？」

花語？

粉色滿天星：戀人的鼻子。

兔尾草：尊貴傑出。

棉花：母親的愛。

這……這些是要楊日辰怎麼說出口啊！

鄭延熙自討沒趣，楊日辰覺得既尷尬又羞愧，於是藉口去上廁所。他發自內心檢討，以後不能單看花束外表了，連花語都得先仔細研究一翻。女生好麻煩啊。

「你是白癡嗎？」鄭東禹不知何時跟了上來。

「我現在很煩啦，不要在那邊幸災樂禍。」楊日辰擺擺手。

鄭東禹嘆口氣，「粉紅色的滿天星代表『不可或缺的配角』，兔尾草代表『在我面前不用裝堅強』，棉花代表『珍惜眼前的人』。」

「什麼？」

「你可以上網查一下普遍涵義嗎？你是不腦子都想到那些冷門的花語去了？神經病。」鄭東禹罵完，英姿瀟灑地離開。

什麼啊，原來還有這些意思啊！

楊日辰欣喜若狂，喜孜孜地跑回去要告訴鄭延熙，可惜鄭延熙已經在跟其他人合照，沒空理他。

然後，楊日辰看到一個不可思議的人——

「媽的垃圾，居然還敢來……」

「你說什麼？」剛回到位子上的鄭延熙一臉不可思議，「我的天啊，你剛剛是在對我罵髒話嗎？」

「啊？沒……沒，不是。」楊日辰顯得很慌張。

「不然——」

「妳等我一下，一定要等我喔，我還要找妳拍照。」他千叮嚀、萬囑咐，「待在座位上不要亂跑喔，反正妳也沒有得什麼獎要領。」

「……去你的。」

看看，現在是誰對誰罵髒話？

楊日辰經過安芮時，在她耳邊低語幾句後，便鑽入人群裡。

偏偏就是被鄭延熙給看見了，「他跟妳說了什麼？」她沒好氣地問。

安芮還沒回答，徐善恩就出現了。她拿著一支金莎巧克力花，遞給鄭延熙。

「學姊，畢業快樂。」她微笑道。

「善恩啊，快抱抱我，姐姐我心好累喔。」

「哈哈，因為要畢業了嗎？」徐善恩伸手擁抱她，「都解決了嗎？」

「大概吧，其實也沒什麼要解決的。」鄭延熙聳聳肩，表示不想多談。

「學姊，抱歉，我得走了，今天家裡有事，其實我是偷跑出來的。」徐善恩略顯抱歉的說。

鄭延熙這時才發現徐善恩一身的便服，急忙說：「沒關係沒關係，妳快回去吧，改天再聊。」

兩人合照完後，鄭延熙目送徐善恩離開，接著把巧克力美麗的金色包裝剝開來，咬了一口甜膩的金莎。

「妳是很餓是不是?」安芮問。

「妳是到底要不要講?」鄭延熙嘴裡嚼著巧克力,含糊不清的說:「別以為我忘了,少在那邊給我轉移話題。」

安芮覺得有趣,「妳猜啊,猜對了給妳糖吃。」

和安芮當了三年的好姊妹,鄭延熙當然知道她是鬧著她玩的,於是也就沒再多問,等安芮自己講。

「可是我也覺得不要告訴妳比較好欸。」安芮有點哭笑不得。

「你們這樣搞得我很不安耶!」

「好啦好啦。」安芮急忙安撫,「等楊日辰回來再——」

「拉警報拉警報!我看到蔡慶元了!」徐書煒突然衝過來大叫。

安芮瞬間眼神死,深吸一口氣,壓抑住想要毆人的衝動。

雖然鄭延熙表面上看起來平靜如水,但心裡肯定波濤洶湧啊!

果然,鄭延熙倏地站起。「我要去找他。」

走出體育館,人聲吵雜被拋在後頭。安靜漆黑的走廊盡頭站著兩個人,修長挺拔的背影,是鄭延熙日思夜想的溫度。

「你們在幹麼?」鄭延熙淡淡地問。

「鄭延熙?我不是叫妳——」楊日辰重重的嘆了口氣。

「叫我什麼?待在位子上不要亂跑?就為了讓我不要見到他?」鄭延熙緊抿著唇,轉頭問:

「你來幹嘛？」

「老師請我來幫忙拍照。」蔡慶元晃了晃手裡的單眼相機。

「你……還會拍照啊……」

「嗯。」

鄭延熙心裡落了大半個空，原本來在期待蔡慶元說「因為今天是妳的畢業典禮」之類的話，但事實證明一切都只是她一廂情願，都只是她自作多情。

她覺得好丟臉，好想哭。她的自尊心在蔡慶元面前總是一文不值，而蔡慶元總是不給她台階下。

「走吧。」

楊日辰拉著鄭延熙離開。

「我們離開這裡。」

「妳怎麼跟過來了？」楊日辰柔聲問。

鄭延熙撇過頭，沒有說話。

「好吧，我就老實說好了。」楊日辰潤了下唇，「我原本也以為他是來看妳的，所以我很生氣，因為他傷害了妳，又不斷的出現在妳的生活裡，實在太殘忍了。」

「他又不是來看我的。」鄭延熙自嘲的說。

「……嗯。」

「很可笑吧，明明分手了，我還一直對他抱有期待，一直對這段感情抱有期待。」

楊日辰沒有答腔，他不知道該說什麼才好。他已經分不清楚，究竟他生氣，是因為他喜歡鄭延熙，還是純粹不想讓她再受傷？或者，兩者皆是？

「鄭延熙……我……」楊日辰盯著地板，緩緩道。

「你說什麼？」

「我喜歡妳。」

鄭延熙的心臟發熱，一路蒸騰到臉頰。面對楊日辰的告白，她不曉得怎樣的反應才是正確的，才是不會傷人的。

「我會讓妳忘記他的！」楊日辰拍胸脯保證。

鄭延熙直直地望進楊日辰迫切又真誠的眼裡，看了好心動啊。

可是，感情真能用另一個人來忘記嗎？

她和蔡慶元在一起時，仍然沒有忘記張中奕帶給她的傷害，蔡慶元不過像是藥膏一樣，讓疤痕變淡而已。

然後，給了她新的傷痛。

「我再想想吧。」鄭延熙覺得有點累了，「我需要一點時間。」

＊

畢業一個月後，現在大概是指考生最煎熬的時期——等放榜。

鄭延熙這段時間吃飽睡好，時間到了就去打工，如果隔天休假，她就會買兩包鹹酥雞通宵追劇。

「姊，安芮姊今天約烤肉，妳去嗎？」

鄭東禹不知道是哪根筋不對，居然在早上洗澡——他以前可是很堅守自己在晚上洗澡的原則的，只要鄭延熙晚上直接睡覺，隔天早上洗澡，他就會露出一副很嫌棄的樣子，要她滾。但看在她這弟弟用浴巾擦著濕漉漉的頭髮挺養眼的份上，鄭延熙決定不追究。

「她約你沒約我？」女生在意的永遠是這個。

「妳自己手機關機還怪人家沒問妳？」鄭東禹挑眉。

「我哪有關機啊！」鄭延熙一臉莫名其妙，伸手拿手機，「喔，是沒電啦，自動關機了，哈哈。」她乾笑。

鄭東禹才懶得理她，頹廢到手機沒電關機了都不曉得，現在的社會裡沒有手機，就等於與世隔絕了。

「不過端午節不是九月嗎？不是還要很久嗎？」鄭延熙從抽屜裡取出充電線。

「……是中秋節。端午節是包粽子。」鄭東禹鄙夷她，「還有，誰說只有中秋節才能烤肉了？」這句話聽在鄭延熙耳裡，就是「老子想烤就烤」，瞧瞧鄭東禹跩個四五八萬的……

「日辰哥也會來。」

「誰？楊日辰？」鄭延熙突然間拔高音量。

「對啦，怎樣？」鄭東禹特別不耐煩。

到了晚上，楊日辰與徐書煒扛著烤肉架和其他烤肉用具到鄭延熙家的前陽台，安芮則是提著大包小包的食材。大家各忙各的，只有鄭延熙躺在沙發上，一副事不關己的模樣。

「我提供場地啊。」她理所當然地說。

「得意的咧，我們也可以去樓下的人行道上烤啊。」徐書煒很不屑。

這番話卻被安芮白了一眼，「你覺得人行道可以烤嗎？用膝蓋想都知道不行，白痴。」

楊日辰在一旁大笑，「我多做一點事沒關係啊，別計較、別計較。」

「看看這傢伙，」徐書煒瞇起眼睛，搖搖頭道：「護短護得很澈底啊，是不是？」

此話一出，鄭延熙和楊日辰雙雙臉紅——這除了害羞還有什麼？就是害羞啊！

烤肉期間，楊日辰不斷夾肉夾菜進鄭延熙的盤子裡，別人的盤子空空如也，鄭延熙的盤子堆積如山。

鄭延熙怕阻止楊日辰會讓他尷尬，於是也沒多說什麼，倒是徐書煒時不時就調侃幾句，安芮偶爾也會加入徐書煒的陣營。但不知為何，鄭延熙卻慢慢的、慢慢的，不那麼在意了。

並不是習以為常，老實說，這也沒什麼好在意的，不是嗎？

仔細想想，其實也沒什麼，就是被告白而已嘛！從小到大跟鄭延熙告白的人多不勝數，楊日辰不過是千萬人之中的其中一個，茫茫人海裡的一粒沙……

可是楊日辰於她而言，好像又不只如此。他似乎比較特別一點，讓她更在乎一些，並且總是在她需要安慰的時候出現。

楊日辰對她來說是朋友，也是家人，是很溫暖的存在。但他們的關係能否再更進一步，鄭延熙沒有把握。她現在還不想把話說死。

晚上十一點，他們已經把東西都收拾好了，徐書煒提議等等玩真心話大冒險，雖然是老遊戲了，但一群好朋友們聚在一塊兒，總不免玩起這個遊戲。

鄭延熙走到陽台吹風，當她抬頭深呼吸時，發先此刻的天空就像是一條深藍色鵝絨毯子鑲上許多鑽石。月亮和星星，璀璨奪目。

「在幹嘛？」楊日辰忽然走到她身邊。

「沒有啊。今天的天空，很漂亮。」鄭延熙不自覺的彎起唇角。

「最近還好嗎？」

鄭延熙想了想，說：「嗯，很好，有種找回自己的感覺。」

失戀就像是一場以為永遠不會好的感冒，其實多睡一會兒、多休息一下，常常無須吃藥就能痊癒。

和張中奕分手時，鄭延熙以為自己會難過到再也快樂不起來，她再也不會為另一個男孩心動，再也不會為了誰，去嘗試愛人這種高風險的事。

但她愛上了蔡慶元。

雖然最後他們還是分手了，可是時間卻一點一滴的把疼痛帶走，現在想起蔡慶元，雖然仍然留有當時的悸動，但那份悸動卻是刺刺癢癢的感覺，而非因愛情而羞澀的臉紅。

雖然他的傷口尚未痊癒，但總會有那麼一天的吧？總會有那麼一天，她可以抬頭挺胸，迎接新的感情。而那份愛情的開始，並不是為了為誰療傷，而是因為心動了，因為真的愛上了，才決定牽起彼此的手。

鄭延熙曾經覺得，對一個喜歡的人展開追逐，是件非常偉大的事。因為那是必須耗費心力、賭上所有青春歲月的事，而且不一定能有所回報。

可是現在，她望著楊日辰被月光蒙上溫暖色澤的側臉，她才知道，陪伴與理解，是多麼的不易。

不求回報，就只是安安靜靜地待在身邊。楊日辰就是那樣的存在。

就算楊日辰心裡渴望鄭延熙的答覆，卻也從不要求她，他從來不給她壓力，因為他認為，只有他愛的人幸福，自己才會快樂。

楊日辰啊，從來就不曉得自己的柔情與奔赴是否能如願以償，可他要求真的不多，真的。

他只希望她能幸福。

而這些，她都曉得。

「楊日辰。」鄭延熙輕輕喚了他。

「怎麼了？」

鄭延熙笑了，她搖搖頭，「沒什麼，就只是想叫你的名字。」

楊日辰向她告白的當下，鄭延熙有那麼一瞬間要答應他。但是她想起自己與蔡慶元的結束，便又忍了下來。

並不是害怕。

只是這一次，她不要再為了忘掉上一段感情，為了療傷，而在自己還沒準備好時就出發。

她知道，當她不再執著於傷痕，那些累贅，終會成為生命中的點綴。

▶現在開始，我不需要牽手，不需要擁抱。我會一步一步自己往前進的。

（全文完）

番外一　無法實現的願望

——也許我們的緣分就到這裡結束了，我們都沒辦法再假裝它還存在。

金盞菊的花語，是離別。

一直到我二十歲搬家前，最後一次回到那個充滿回憶的江義高中，那個擁有我兩段戀愛的地方，他才告訴了我。

和蔡慶元分手以後，我們彼此沈澱了很久，算一算也快要兩年了。這兩年來，我忍下打電話給他的衝動，不特別注意他的近況，就這樣平平淡淡的過著我的大學生活。

後來因為鄭東禹考上T大，為了讓他更方便上下課，小阿姨決定讓我們搬到T大附近的房子住——你們知道的，我住哪裡都無所謂，反正我都會遲到，哈哈。

離開這裡之前，我聯絡了蔡慶元。當年那些沒有答案的疑問，我想知道，我想知道他心底到底有沒有過我的位置。

「你們後來有再在一起嗎？」

「我們？」蔡慶元皺眉，「我跟趙央？」

我點點頭，等他下文。

「當然沒有啊！」

「蛤？可是那天班上有人說……」說你們一起拿著金盞菊回學校。

我沒有把話說完，怕要是說了會惹他不高興。啊，雖然分手了，但我好像習慣看他臉色了呢。

蔡慶元見我沒再說下去，笑著說：「我上次跟妳說過了啊，我們不會復合。過去的就是過去的了，就像……就像我們，『我們』也是過去，『妳』和『我』才是現在。」

其實分手之後，我曾經想過——會不會哪一天我們又重新在一起？會不會分手只是讓彼此暫時喘息，休息過後我們還是能和好如初？會不會有一天，當我拉開家樓下的鐵門，會看到蔡慶元倚在摩托車旁，問我：「妳怎麼又遲到了？」

我想過好多種可能，但一個都沒有發生。日子久了，我甚至開始懷疑他是否真實出現在我的人生過。

蔡慶元似乎對於和我分手這件事情，很快就找到出口了——也是，找不到出口的人，一直都是我。

「蔡慶元。」我輕輕喚他。

「怎麼？」

「你有喜歡過我嗎？」我轉頭，對上他漆黑的眼睛。「我們在一起的那段日子……不，你在校門口跟我告白的那瞬間，是因為真心喜歡我才這麼做的嗎？」

「嗯。」他毫不猶豫地回答。

我笑了。這樣就夠了。

「我以為你把我當成學妹。」鬆了一口氣，我決定跟他說我心裡的想法。

反正這大概是最後一次見了吧？雖然搬家之後也不會離得多遠，但沒有特別的事，我想我們也不會再聯絡彼此了。

蔡慶元一臉不可置信地瞠圓了眼，「妳說什麼？」

「很可笑吧？我也覺得很可笑，沒想到以前的我對自己這麼沒自信。當時我甚至覺得你只是想要彌補和學姊發生的錯誤而已。」我扯了扯唇角。

「妳跟趙央不一樣，你們是完全不同的人，我不會搞錯。」

「那我可以知道，金盞菊對你們而言具有什麼意義嗎？」

終於，我終於問出口了。

蔡慶元想很久，才悠悠道：「金盞花的花語，是離別。」

傳說當金盞花凋謝的時候，會和自己的愛人分別。趙央學姊特別迷信，所以每當金盞菊花旗快要結束時，她就會趕緊買新的一盆來，放在相同的位置，就好像同一盆金盞菊從未凋落。

「可是愛情不一樣，愛情不能假裝。」蔡慶元和我一起慢慢走出江義高中，停在金盞菊前，「也許我們的緣分就到這裡結束了，我們都沒辦法再假裝它還存在。」

「那為什麼現在還是會拿新的花來？」我好奇問。

他聳聳肩，「習慣。」

我曾經以為，蔡慶元不願說、不想說，是因為他不是真的在意我，是因為他心裡還有學姊，所以不肯讓我真正走進他心裡去。

可我現在才知道，在愛情裡，兩個人會分開，絕不會只有一個人的問題。因為愛情是兩個人兩情相悅才會圓滿，分開也是背對背才會越走越遠，一個人或許可以結束一段戀情，但追根究底兩個人都有責任。

不是蔡慶元不讓我走近，而是我從一開始就感到畏懼，我怕看到的答案不是我要的，怕自己不夠好，怕自己不比學姊好。

但是，愛情怎麼能做比較呢？

很多道理我現在才懂，也許遲了點，但也沒關係，只有走過了才會曉得。至少現在我知道了。

我曾經想過，如果在張中奕之前，我先遇見了蔡慶元，而蔡慶元在趙央之前，先遇見了我，我們愛上對方，照顧對方，扶持對方，我們之間不需要彼此療傷，各自都是不帶傷害的走進彼此的人生……是不是就有機會，成為彼此生命裡的最初和最後？

可是，再多的假設，都沒辦法改變我們都受過傷的事實。或許現在的我們，能夠這樣面對面，看似幸福的站在對方面前，已經是對我們而言足夠美好的結局。

多麼希望，你是我的最初，和最後。

番外二　只有我們知道的愛情

我好像掉進她的心裡去了。

坐在我對面的趙央打了呵欠，她看起來很疲倦。

現在是晚自習的下課時間，教室裡的人大部分都趴下來睡覺，或者拿零食點心出來吃，稍微放鬆，補充點體力。

「趙央，要不要出去走走？」我小聲問她，深怕吵到教室裡其他正在休息的同學。

「走走？」趙央看了看牆上的時鐘，說：「休息時間快結束了耶，你要去哪？」

我笑了笑，示意她把書包整理好，一起帶出去。

我們在黑暗的走廊裡用力奔跑，努力甩開後頭追趕的教官。手電筒刺眼的白光在我們身上穿梭，感覺到趙央的緊張，我於是更用力地握緊她的手。

「這樣好嗎？」趙央喘著氣，「要是被抓到，會被記過的……」

「不會，沒事的。」我從樓梯口探頭出去，確認教官已經放棄追趕，才又拉起趙央的手，「走吧，帶妳去個秘密基地。」

我們一路往上走，其實那是學生禁止進入的頂樓，不只是學生，連老師都不能進入。頂樓堆滿了雜物，有些是施工的器具，有的則是壞掉的課桌椅，還有一條又一條印著紅字黃布條。

「小心走。」

我牽著趙央的手，沒放開過。

「哇啊！」

走到圍牆邊，趙央忍不住發出驚嘆。

「很美吧。」

從這裡俯瞰整座學校，和學校外馬路上熙熙攘攘的車輛、騎樓店家的廣告看板……一切的一切，都在這一刻變得好小好小，剩下點點燈光，像星星一樣的鋪撒在這個漆黑孤獨的夜晚。

「慶元，你有沒有覺得……」

趙央輕柔宛如羽毛的聲音被風吹走，我沒聽清她說了什麼。

「覺得什麼？」

「覺得晚上的江義高中，比白天的更美了。」

她笑了。

所有的疲憊似乎在此刻得到釋放，因為她笑了。我喜歡的女孩笑了。

「有嗎？哈哈。」我閉起眼睛，深深吸了一大口氣。「啊，果然逃離晚自習教室，空氣都變新鮮了。」

趙央笑著打了我手臂一下，「哪有那麼誇張？」

「妳剛剛打呵欠的時候都被我發現了，趙央。」

「發現什麼？」

我大拇指輕輕撫觸著她眼睛底下的黑眼圈，心疼道：「妳有多累。辛苦了，我的趙央。」

不曉得是不是因為夜晚的緣故，因為月亮的緣故，平時精明能幹的趙央站在這片夜色裡變得好柔和、不堪一擊似的，好像……好像只要輕輕碰她，她就會碎掉。

「慶元，謝謝你帶我來這裡。」她的眼神墜入明晃晃的燈火裡，「有的時候，我根本不知道自己在追求什麼，好的成績、好的大學、好的工作……對，我很擔心我的未來，擔心沒辦法如爸媽的願，考上第一志願，然後找到一份足以令人稱羨的工作。」

我搭著她的肩，輕拍她。

「我知道我的生活太緊湊、太忙碌，幾乎沒有喘息的空間，所以大多時候我對你也感到很抱歉……」

趙央看向我，鑽進我懷中。

「怎麼啦？怎麼突然這麼說？」

我一時有點慌，但仍佯裝鎮定地安撫她。現在的趙央就像一隻瘦弱的小貓咪。

「沒什麼。」她搖搖頭。

「以後妳要是累了，就告訴我，我們就上來這裡吹吹風、看看夜景……這能算是夜景嗎？哈哈哈哈哈。」

她也跟著笑了起來。

「只有我能來。」

「什麼？」

「我說，你的秘密基地，只能帶我來。」

我好像掉進她的心裡去了。

「好，我答應妳。」我說。

最美的江義高中，最美的青春，最美的十七歲——

只能我們知道。

番外三　怦然心動的瞬間

那份期待裡，有你。
還有我們。

「那個……我很抱歉。」

我承認我活得這十七年來，和別人道歉的次數簡直屈指可數。

但不曉得為什麼，那天在走廊看到徐書煒轉身離開前的眼神，我居然對他感到抱歉。雖然從小到大喜歡我、向我告白的人不只他一個，我拒絕的也不是只有他，但是唯獨徐書煒讓我心中充滿了歉意。

不對，是後悔。

我不知道該如何形容那種感覺，就好像……好像我不該拒絕他一樣，好像我不該把和他的所有可能斬斷一樣。我心底深處有個聲音一直在告訴我，要我別這樣做、那樣做。

所以我去跟他道歉了。

超、扯。

徐書煒臉上爬滿錯愕，放下筆，問：「妳不舒服嗎？」

我當下真的差點暴打他一頓——我堂堂安芮都先跟你低頭了，你這什麼反應？豈不是給我難

堪嗎？

我沒說話，就這樣一直看著徐書煒，火大的。

過了幾秒，他一副了然於心的說：「噢，妳說前天在走廊上——」

「對啦對啦，就是那件事。我道歉了，可以了吧？」

「當然不行。」徐書煒伸出食指在我面前晃了晃，「妳得答應我一個條件，我才要原諒妳。」

條件？

「不要。」

「哎呀，聽聽看嘛！」

「我不要。」

當一個人說要談條件時準沒好事。

「以後要繼續教我功課。」

但我忘了，他是徐書煒。他不一樣。

「……就這樣？」

「就這樣。」

徐書煒笑彎了眼，眼角泛起細細的笑紋。那瞬間，我看見他眼底流轉的單純快樂和喜歡，是那樣清晰。

那瞬間我竟然心動了。

「安芮，我不會強迫妳要接受我的感情，可是至少讓我喜歡妳吧？雖然我不知道未來會發生什麼樣的事，但至少現在、此時此刻，我喜歡妳。」他略顯不好意思地搔搔頭，「我不會越界的，所以妳不要逃，好嗎？」
他在說什麼啊……
我感覺到臉頰很熱，趕緊把眼神撇開。
「書、書拿出來啦，不是要我教你嗎？」
「書一直在這裡啊。」
「吼呦你真的很煩耶！」
「安芮……我做錯什麼了……」

我似乎還不太清楚自己對徐書煒到底抱著什麼樣的感情。
但無論如何，未來還太長，我們還有好多好多路要走，可能會一起走，也可能不會。
但此刻如此認真的你，讓我對未來感到期待。
那份期待裡，有你。
還有我們。

（番外完）

【後記】也許正在看著這個故事的你，是我不那麼悲傷的理由

第一次出書對我而言是一種幸運，所以一直到《多麼希望，你是我的最初和最後》這個故事確定出版後，我才終於有了「啊，我也是個作家了啊」的感覺。

真的過了好久才又和大家見面。在這一年多的時間裡，因為心理和身體健康的關係，我一週要跑兩次醫院，不管是吃藥還是往返醫院都讓我心力交瘁，精神狀態愈來愈不好。那時我辭掉了打工，改稿修稿的進度也被迫一再延後，對當時的我而言，與其說什麼都不想做，不如說是什麼都做不了。

有段日子真的好像走到盡頭了。

但就在我感到最無助的時候，身邊突然發生了好多事，先是我的責編齊安聯繫我新作，接著收到大學的邀請去參加文藝季，還有好多好多……然後我開始嘗試等待更好的日子，雖然很困難，但我仍然感謝在這段辛苦的日子裡堅持陪著我走下去的所有人。

雖然每個人的狀況和承受力都不同，但氣溫夠低，梅花才會開；天要夠黑，才看得見星星。

所以，再等一會兒吧。我們就再多等一會兒。

今年我身邊的好朋友也都一個個踏上了夢想的路——言慎參演的電影《下半場》上映、立逵的答案樂隊終於發行第一張專輯，王昱的專輯裡收錄了譯云的歌……

對，這是一則廣告插播喔，請大家多多支持這些朋友們！（也請多多支持我，哈哈！）

《多麼希望，你是我的最初和最後》跟我上一本《你擁抱了我的青春》風格差異很大，在和編輯討論的時候，編輯也說明顯不一樣 XD 比起上一個故事，這次帶給大家的感覺可能更加真實，也因為如此，我其實很怕這個故事不被喜歡，但編輯都不怕了，我怕什麼！

好啦，點到為止，就不在這裡和大家深入討論故事內容了，免得爆雷。如果想跟我分享心得或聊天，歡迎來找我！（Instagram: 516yss）但是一定要先告訴我你是誰！不然我移除追蹤時可能會不小心移到你喔！

最後感謝責編齊安不厭其煩地跟我討論這個故事內容、書名和書封，感謝他願意耗費心力替我出版了這個可能不是那麼好的故事。

也由衷感謝你們。

或許正在看著這個故事的你，是我不那麼悲傷的理由。我愛你們。

要青春57　PG2361

要有光
FIAT LUX

多麼希望，
你是我的最初和最後

作　　者	倪　倪
責任編輯	喬齊安
圖文排版	楊家齊
封面完稿	蔡瑋筠

出版策劃	要有光
發 行 人	宋政坤
法律顧問	毛國樑　律師
印製發行	秀威資訊科技股份有限公司 114台北市內湖區瑞光路76巷65號1樓 電話：+886-2-2796-3638　傳真：+886-2-2796-1377 http://www.showwe.com.tw
劃撥帳號	19563868　戶名：秀威資訊科技股份有限公司 讀者服務信箱：service@showwe.com.tw
展售門市	國家書店（松江門市） 104台北市中山區松江路209號1樓 電話：+886-2-2518-0207　傳真：+886-2-2518-0778
網路訂購	秀威網路書店：https://store.showwe.tw 國家網路書店：https://www.govbooks.com.tw
總 經 銷	聯合發行股份有限公司 231新北市新店區寶橋路235巷6弄6號4F 電話：+886-2-2917-8022　傳真：+886-2-2915-6275

出版日期	2019年11月　BOD一版
定　　價	330元

國家圖書館出版品預行編目

多麼希望,你是我的最初和最後 / 倪倪著.
-- 一版. -- 臺北市 : 要有光, 2019.11
面 ; 公分. -- (要青春 ; 57)
BOD版
ISBN 978-986-6992-28-5(平裝)

863.57 108017723

讀者回函卡

感謝您購買本書，為提升服務品質，請填妥以下資料，將讀者回函卡直接寄回或傳真本公司，收到您的寶貴意見後，我們會收藏記錄及檢討，謝謝！如您需要了解本公司最新出版書目、購書優惠或企劃活動，歡迎您上網查詢或下載相關資料：http:// www.showwe.com.tw

您購買的書名：________________________________

出生日期：________年________月________日

學歷：□高中（含）以下　□大專　□研究所（含）以上

職業：□製造業　□金融業　□資訊業　□軍警　□傳播業　□自由業
　　　□服務業　□公務員　□教職　□學生　□家管　□其它_____

購書地點：□網路書店　□實體書店　□書展　□郵購　□贈閱　□其他

您從何得知本書的消息？

□網路書店　□實體書店　□網路搜尋　□電子報　□書訊　□雜誌
□傳播媒體　□親友推薦　□網站推薦　□部落格　□其他__________

您對本書的評價：（請填代號　1.非常滿意　2.滿意　3.尚可　4.再改進）

封面設計____　版面編排____　內容____　文／譯筆____　價格____

讀完書後您覺得：

□很有收穫　□有收穫　□收穫不多　□沒收穫

對我們的建議：________________________________

____

____

____

請貼
郵票

11466
台北市内湖區瑞光路 76 巷 65 號 1 樓
秀威資訊科技股份有限公司 收
BOD 數位出版事業部

(請沿線對折寄回，謝謝！)

姓　　名：＿＿＿＿＿＿＿＿　年齡：＿＿＿＿　性別：□女　□男

郵遞區號：□□□□□

地　　址：＿＿＿＿＿＿＿＿＿＿＿＿＿＿＿＿

聯絡電話：(日)＿＿＿＿＿＿＿＿　(夜)＿＿＿＿＿＿＿＿

E-mail：＿＿＿＿＿＿＿＿＿＿＿＿＿＿＿＿